HÉSIODE ÉDITIONS

EMMANUEL BOVE

La Mort de Dinah

Hésiode éditions

© Hésiode éditions.

1 rue Honoré - 93500 Pantin.
ISBN 978-2-38512-022-1
Dépôt légal : Octobre 2022

Impression Books on Demand GmbH

In de Tarpen 42
22848 Norderstedt, Allemagne

La Mort de Dinah

Par une belle fin d'après-midi d'automne, Jean Michelez, qui était descendu de tramway à la porte de Champerret, suivait à pied, en flânant, le long boulevard Bineau, à Neuilly, à l'extrémité duquel se dressait la villa La vie là qu'il habitait avec sa femme et ses deux enfants. C'était un des derniers beaux jours de l'année. Un vent tiède soulevait la poussière de la chaussée. Tout gardait encore les traces de l'été. Les arbres n'avaient point perdu leurs feuilles, ces feuilles poussiéreuses de fin de saison que les orages n'ont mouillées qu'à demi. Dans les jardins, des tentes claires abritaient les meubles rustiques. Les appels, les voix, les conversations, étaient sonores. De temps à autre, une fenêtre ouverte laissait s'échapper vers le ciel bleu les chants d'un phonographe ou d'un appareil de t. s. f.

M. Michelez regarda sa montre. Il était sept heures. La nuit tombait déjà. Il pressa le pas, non point dans la crainte de faire attendre sa femme, mais parce que, brusquement, il venait d'éprouver le besoin irrésistible d'être chez lui, de parler, de se sentir entouré. Depuis trente minutes, il n'avait prononcé un mot. À six heures et demie, ses employés, d'une voix soumise contrastant avec la liberté qu'ils allaient retrouver, avaient pris congé de lui. Peu après, il était également sorti non sans avoir, auparavant, soigneusement fermé la porte de son bureau situé rue de la Michodière. Ce court instant de solitude, s'il lui avait paru agréable au commencement, lui pesait maintenant. En marchant, il s'était souvenu de sa jeunesse au cours de laquelle, tant et tant de fois, la perspective d'une soirée vide l'avait plongé dans un profond découragement, jeunesse interminable puisque, bien qu'il fut aujourd'hui âgé de quarante-sept ans, il y avait à peine trois ans qu'il était marié. Depuis, il avait pris la solitude en horreur. À elle il préférait n'importe quelle compagnie.

À ses débuts dans la vie, Jean Michelez avait exercé la profession d'architecte. Une ambition raisonnable l'avait poussé à s'établir à son propre compte, à posséder sa clientèle, à être sérieux, honnête et correct en affaires. « Je n'irai pas chercher les clients ; ils viendront à moi. Je ne leur promettrai pas monts et merveilles ; et ils seront contents. Ils me recommanderont à leurs amis. Petit à petit le noyau grossira. Alors je ne dépendrai de personne et je serai mon maître. » Cette attente stoïque dura dix ans. La guerre vint. Aussitôt après sa réforme, il abandonna sa profession sur les instances d'un camarade, Gaston Bonelli, pour celle, beaucoup plus lucrative, d'entrepreneur. Un peu comme chez ces médecins qui deviennent pharmaciens, chez ces avocats transformant leur étude en cabinet d'affaires, chez ces commissaires de police démissionnant pour prendre la direction d'une agence de renseignements, on découvrait sur son visage ce quelque chose de débonnaire et de susceptible particulier à ceux qui ont renoncé par intérêt. Leur lâcheté est cachée sous la nécessité de vivre. Elle se dégage pourtant des gestes et de la physionomie. En observant M. Michelez, on sentait que les écharpes de la déchéance le frôlaient, que s'il n'avait point d'ennemis, il ne se trouvait pas moins des anciens confrères pour le blâmer, que l'argent gagné à présent l'était au détriment d'une condition sociale plus élevée, car ceux qui persévèrent malgré les privations, l'indifférence de leur entourage, le doute de soi, sont rarement indulgents à ceux, plus faibles, qui renoncent, bien que ce soit justement dans ces défections qu'ils puisent l'orgueil de continuer.

M. Michelez avait souffert de ce mépris et en souffrait encore. Par amour-propre, il avait ménagé une sorte de compromis entre sa vie passée et celle présente. Il n'avait pas voulu être le premier entrepreneur venu. C'était un entrepreneur unique, de l'ancienne école à laquelle, pourtant, il n'était attaché par aucun lien, qu'il rêvait de devenir. L'honnêteté, la conscience professionnelle, la rectitude quant à ses devoirs et l'indulgence quant à ceux d'autrui, étaient ses principales qualités. Ses devis, il se faisait un point d'honneur à n'en jamais dépasser le montant, quitte à en être de sa poche.

En quelques mots, il voulait atténuer ce qui, à certains moments, lui apparaissait comme un déclassement, par une perfection qui n'eût point existé sans lui, pensait-il, dans sa corporation.

Le même enchaînement se découvrait dans sa vie sentimentale. Longtemps il avait cherché une amitié parfaite. Tendue vers autrui, vers l'affection, vers la tendresse, son enfance s'était passée à attendre l'être idéal qu'il devait, selon lui, rencontrer tôt ou tard sur son chemin. Il avait traversé l'existence aux aguets, préoccupé plus de saisir la chance au vol que de son avenir matériel. Chaque visage nouveau, entrant dans sa vie, lui avait donné les plus folles espérances, chaque attention, une joie maladive qui durait parfois une semaine entière, sans décroître, toujours aussi forte, et qui s'évanouissait brusquement, à la première vexation. Car, chaque fois qu'il se lia, il fut profondément déçu. Il eut beau tout donner, jamais les partenaires ne l'imitèrent. Et, justement, ce qu'il n'acceptait pas, ce qu'il ne voulut jamais accepter, c'était de donner sans recevoir. Il avait bâti une philosophie à lui sur la réciprocité. Elle était la base de tout amour durable. Sans réciprocité, il n'était pas deux êtres au monde qui pussent s'entendre. Mais au début d'une liaison, il se gardait bien de l'exiger et de s'en préoccuper. Il se contentait de se livrer. Ce n'était que plus tard, au premier doute, qu'il pensait à elle, devenant alors ombrageux, jaloux et tyrannique.

Lorsqu'il quitta le petit village de Lagny, aux environs de Nancy, où son père exerçait la profession de vétérinaire, et où il avait été élevé, pour venir habiter Paris (il avait alors vingt-trois ans), il fit la connaissance d'un étudiant allemand nommé Hans Schiebelhut. Jean Michelez avait loué une chambre rue Monge, chez une vieille personne, Mme Greuze. Cette Mme Greuze était une veuve bizarre qui, dès huit heures du matin, était coiffée, poudrée, vêtue de noir jusqu'au cou, et dont la préoccupation la plus importante était d'alterner le port d'une dizaine de bijoux de famille. Elle avait une touchante affection pour les jeunes gens à qui elle sous-louait deux chambres de son appartement encombré de trop de meubles. Dans l'autre pièce, justement, habitait Hans Schiebelhut. Ce fut ainsi qu'ils firent connaissance. Cet étudiant, dont le cou émergeait d'un col à la Schiller, était végétarien. Il faisait partie de ces adolescents que l'on appelle, en Allemagne, des wandervögel. Les cheveux au vent, le sac au dos, vêtus de culottes de velours à bretelles, les wandervögel parcourent en bandes, les dimanches ou durant les vacances, la Forêt-Noire ou la Suisse de Saxe, escaladent le Hartz ou le Taunus, accompagnant leur marche de chants et de guitares, couchant à la belle étoile, buvant aux sources mêmes, rêvant de retour à la grâce originelle. Chez Mme Greuze, ce goût de l'espace faisait qu'il ne fermait jamais sa porte. En passant dans le couloir au bout duquel se trouvait sa chambre, on pouvait le voir, tantôt le torse nu, tantôt vêtu d'un peignoir bariolé, aller et venir, ou, assis, en train de lire de très près un livre, ou encore penché comme un mauvais écolier sur une feuille de papier. On pouvait faire du bruit, il ne levait pas ses yeux cerclés de lunettes à monture d'or, car, comme la plupart des gens myopes, il était peu prodigue de ses regards. De certains de ces derniers il avait également le sans-gêne et l'absence de pudeur. Habitué à être vu sans voir, il en avait pris son parti, si bien que peu lui importait que l'on vît sur sa cheminée, sur sa table, des casseroles de lait, des épluchures d'oranges ou de bananes, des coquilles de noix. Il faisait sa cuisine lui-même. Le sel, le beurre, qu'ils se trouvassent à la portée de sa main, ne le gênaient nullement quand il étudiait. La bouteille de bière qui lui servait pour l'alcool à brûler se dressait sur la table de travail. Il l'utilisait même pour adosser, contre elle, un livre ouvert.

Les relations qui s'établirent entre les deux hommes, si elles furent, à leur début, pleines d'attentions réciproques, n'en eurent pas moins, par la suite, un certain côté comique. Cependant que Jean Michelez avait des habitudes régulières, un jugement raisonnable sur toutes choses, des goûts simples, Schicbelhut, lui, était gonflé d'orgueil, affichait une admiration sans bornes pour la grandeur et la force, se plaignait continuellement de manquer de temps pour travailler. Méprisant le bien-être, les plaisirs, le repos, on le trouvait à n'importe quel moment plongé dans la lecture ou en train d'écrire, les manches retroussées, la chemise largement échancrée, même en plein hiver. Quand Jean Michelez venait le relancer, ce n'était pas sur-le-champ qu'il se tirait de ses occupations. Comme une machine lancée à grande vitesse, il ne pouvait s'arrêter d'un coup. Il s'assimilait d'ailleurs à une machine, ou plus volontiers encore à un athlète, et croyait indispensable de prendre pour l'intelligence les mêmes précautions que pour le corps.

Jean Michelez, obéissant à un penchant de son caractère, avait tout de suite eu pour cet étudiant une profonde admiration. Sa force sauvage, son ardeur au travail, son indifférence, non voulue, mais naturelle, pour tout ce qui fait la douceur de l'existence, l'émerveillaient. Il aurait voulu le copier. L'impossibilité de le faire (l'architecte ne pouvait aimer sans qu'un besoin impérieux d'imitation naquît en lui) ne tarda pas à l'emplir de plus de respect encore.

Un soir, comme Jean Michelez se rendait auprès de son ami, il aperçut ce dernier – qui avait, ainsi qu'il le faisait habituellement, laissé la porte de sa chambre ouverte – en compagnie d'un jeune homme inconnu. Tous deux semblaient très gais. Tour à tour, ils riaient et parlaient fort. Par délicatesse, Jean Michelez n'osa entrer dans la pièce. Il rebroussa chemin et attendit avec l'espoir que le visiteur n'allait point tarder à partir. Mais les rires et les éclats de voix, au lieu de cesser, retentissaient avec encore plus de force, semblait-il. « Schiebelhut pourrait, tout de même, venir me chercher, pensa Jean Michelez. C'est à lui de faire le premier pas. Il devrait le comprendre. Puisque nous nous voyons chaque soir, il devrait au moins avoir la politesse de s'excuser. Je comprends très bien qu'il soit heureux de retrouver son compatriote, mais cela ne devrait pas l'empêcher de me présenter. »

Le lendemain, Jean Michelez, croyant que l'inconnu était parti, s'apprêtait à relancer son ami, lorsque, dans le corridor, il perçut un bruit de voix. Les deux Allemands étaient encore ensemble. Un lit-cage avait été ouvert dans la chambre de Schiebelhut. Certainement le visiteur y avait élu domicile.

En revenant sur ses pas pour la deuxième fois, Jean Michelez prit la décision de ne plus donner signe d'existence. Une semaine s'écoula sans qu'une seule fois Schiebelhut qui, avant l'arrivée de son camarade avait passé toutes ses soirées en sa compagnie, vînt lui adresser la parole. Dans sa chambre, la nuit, l'architecte entendait les deux étudiants bavarder jusqu'à deux heures du matin. Il ne vivait plus. Une rage sourde montait en lui d'avoir été ainsi mis à l'écart alors que, la veille de l'arrivée du compatriote de Schiebelhut, ils avaient projeté d'aller ensemble, le lendemain, visiter le château de Versailles. Jean Michelez avait prêté quelques livres à Schiebelhut. Celui-ci, avec un sans-gêne incroyable, ne songeait même pas à les lui rendre. On eût dit que le jeune architecte n'avait jamais existé. Un soir pourtant, ce dernier ne put se contenir davantage. Comme les deux Allemands chantaient en s'accompagnant d'une guitare enrubannée, Jean Michelez, qui s'était couché, se leva furieux. « Puisqu'ils veulent se moquer de moi, on va bien voir », pensa-t-il. Il suivit le long couloir qui menait à la chambre des deux étudiants. Comme d'habitude, la porte était ouverte. Il s'approcha. À sa vue, Schiebelhut posa la guitare dont il s'accompagnait et dit, le plus naturellement du monde :

– Oh ! monsieur Michelez, bonsoir, je ne vous ai pas vu beaucoup de jours. Vous m'avez quitté. Ce n'est pas très gentil de vous ; je suis très étonné que je vous voie maintenant.

Devant une pareille inconscience, la colère de Jean Michelez tomba, sans, pourtant, que sa rancune s'envolât.

– Vous auriez pu venir, vous ! dit-il finalement.

– Jamais, jamais, répondit l'étudiant. À aucun prix je ne voudrais vous déranger. Maintenant, si j'avais su, mon camarade Lautenbach et moi serions venus vous visiter.

Abandonnant ce qu'il avait projeté de dire sur la musique après une certaine heure, l'architecte demanda :

– Pouvez-vous me rendre les livres que je vous ai prêtés. Je vais en avoir besoin ces jours-ci.

– Naturellement, monsieur Jean. Attendez s'il vous plaît un moment, je chercherai vos livres et je vous les donne.

Schiebelhut se leva, cependant que son ami souriait au visiteur qui gardait un visage renfrogné. Après avoir cherché dans tous les coins, l'étudiant les découvrit finalement dans un tiroir où ils voisinaient avec des poires blettes, ce qui eut le don d'exaspérer encore davantage Jean Michelez. En remerciant à peine, il prit congé, non sans que Schiebelhut lui souhaitât, d'une voix doucereuse, « de dormir avec les poings fermés et de rêver beau ».

Une fois seul, Jean Michelez ne se tint plus de colère. « Cela ne lui suffit pas de se conduire comme un goujat. Il faut qu'il me tourne en ridicule devant un inconnu. » Une profonde amertume envahissait le jeune homme. La nervosité l'empêchait de rester immobile. Derrière le mur, il entendait les Allemands qui continuaient de chanter. « Cela dépasse tout ce que l'on peut croire. Il faut que je les batte ! » Il patienta pourtant une heure. À la fin, comme les étudiants venaient d'entonner une sorte de cantique, il sortit dans le couloir et cria avec rage :

– Mais taisez-vous donc. La nuit est faite pour dormir.

Il venait à peine de refermer sa porte qu'il entendit frapper discrètement. C'était Schiebelhut. En termes mesurés, avec une douceur que l'on a peine à imaginer, il venait « demander pardon ».

– Nous ne jouerons plus, dit-il. Je ne pensais pas qu'on écoute jusque chez vous. Je suis triste que j'ai dérangé votre repos. Je vous demande ne soyez pas fâché avec moi. Maintenant bonne nuit et, encore une fois, ne soyez pas fâché avec moi.

Puis il se retira sans, pourtant, faire la moindre allusion aux projets qu'ils avaient eus, ni aux liens qui les unissaient. C'était comme auprès d'un étranger qu'il s'était excusé.

Cette aventure affecta profondément le jeune architecte. Le mois qui suivit, il quitta Mme Greuze pour habiter l'hôtel en attendant que des meubles arrivassent de province, car il avait pris la décision de louer un appartement et de vivre d'une manière plus indépendante.

Cinq ans plus tard, comme Jean Michelez venait de se brouiller avec un certain Camille Foucaux qui, après lui avoir emprunté de l'argent, avait prétendu que cet argent n'était pas un prêt mais une participation à une affaire (il s'agissait de la construction de douze « hostelleries » dans la grande banlieue) et qu'il ne pouvait être question de rembourser cette somme avancée en connaissance de cause, attendu que, si l'opération avait réussi, personne ne lui eût contesté sa part de bénéfices, il reçut une longue lettre de son père. « Vois-tu, mon fils, disait le vétérinaire, il ne faut pas songer qu'à soi dans la vie. Ton frère a besoin, lui aussi, de faire son chemin. Il revient du régiment avec de bonnes notes. Je te l'envoie. Guide-le. Protège-le. »

Quelques jours après, Philibert, chargé de deux valises d'osier, débarquait chez l'architecte. Le caractère de ce jeune homme était fait d'un bizarre mélange de douceur et d'entêtement, de timidité et de dissimulation. Un rien, une parole, un geste, le faisait rougir et il était incapable de prononcer trois phrases de suite sans mentir. Chez lui, mentir était maladif. Quand, à Lagny, on l'envoyait chez le boulanger, il revenait en disant invariablement et le plus sérieusement du monde qu'on lui avait donné la dernière miche ou la première. Lui demandait-on s'il avait prévenu tel notable du pays que M. Michelez père l'attendait à dîner, qu'il répondait affirmativement. Mais le temps passait et le notable ne venait toujours pas. On cherchait ce dernier et on ne tardait pas à apprendre que jamais la commission n'avait été faite. Confronté avec l'invité, Philibert, contre l'évidence, continuait à affirmer qu'il avait fait la commission. Son père entrait alors dans des rages folles et l'envoyait coucher sans dîner. Le lendemain il l'interrogeait.

– Enfin, pourquoi mens-tu ?

– Je ne mens pas, répondait l'enfant.

Et, toujours dans l'espoir de le mater, le vétérinaire chargeait son fils de nouvelles courses qui, neuf fois sur dix, provoquaient des scènes semblables. Avec l'âge, pourtant, ce vice changea de forme. À force d'être pris en flagrant délit de mensonge, car ce qu'il y avait de plus incroyable en son cas, c'était que, enfant, chaque fois qu'il mentait il s'imaginait que l'on ne s'en rendait pas compte et que l'évidence ne prouvait absolument rien, il s'observa davantage et se garda de mentir sans raison. Cependant, ce qui l'avait déterminé à mentir n'avait point disparu. Le germe était le même, mais au lieu de ne s'épanouir qu'en mensonges, il donnait à présent naissance à des sentiments plus compliqués. Le visage de Philibert portait les stigmates de la dégénérescence. Les yeux n'avaient aucune teinte précise. Le front était à peine plus haut que l'espace compris entre le nez et la bouche. Buté, fermé, il ne parlait presque plus, dans la crainte de se trahir. Cette crainte de se trahir était chez lui une obsession. Elle le poursuivait dans les circonstances les plus imprévues. Il en était arrivé à se figurer que, du seul fait qu'une idée se présentait à son esprit, il fallait la dissimuler.

– Bonjour frère, dit-il en arrivant. Je suis content d'être chez toi.

Quand il parlait, on avait l'impression qu'il récitait. Il jouait à merveille la candeur. Plus tard, Jean le prévint contre certaines tavernes dont il fallait se défier. Il feignit d'ignorer même l'existence de ces établissements, posant des questions qui, venant d'un jeune homme de vingt-quatre ans, eussent dû éveiller la méfiance de son frère, faisant des remarques dans le genre de celle-ci : « On danse sans doute dans ces endroits. Les Parisiens doivent trouver ces maisons bien ridicules. Il faut venir de la province pour aller là. »

Son ambition était justement de s'amuser, d'avoir une maîtresse, de vivre parmi ce monde interlope dont il avait tant entendu parler. À le voir, on eût pourtant cru se trouver en présence d'un jeune homme pour qui le comble de l'audace eût été de fumer une cigarette. Il était serviable et prévenant. Il avait même, pour son grand frère, des attentions anormales. Il faisait la couverture de son lit, préparait ses pantoufles, le servait comme un esclave aussi naturellement que s'il n'eût fait que cela toute sa vie. Jamais il ne sortait le soir. Sa seule distraction était d'accompagner son frère au cinéma. Un calcul enfantin dictait cette attitude. Il voulait, pour le jour où il aurait fait la connaissance d'une femme, avoir toute facilité de sortir sans qu'on lui fît une observation.

Petit à petit, Jean Michelez, qui avait quitté son jeune frère enfant et le retrouvait, à présent, homme, s'attachait à lui. Il lui proposait de visiter des monuments, des musées, fier d'être à l'aise dans une grande ville, ravi de l'entendre s'extasier. Il était heureux d'avoir près de lui un jeune homme, de faire son éducation, de lui ouvrir les yeux, de faire valoir le contraste entre la vie de famille de Lagny et celle de Paris.

Un matin, Jean annonça à son frère qu'il lui parlerait de choses sérieuses dans l'après-midi. Vers quatre heures, il l'entraîna dans un café.

– Écoute Philibert, commença-t-il, papa m'a demandé de te trouver une situation. C'est une chose impossible. Tu n'as pas d'instruction ni d'aptitudes spéciales. Il est très agréable de vivre comme nous vivons, mais nous sommes des hommes ; n'est-ce pas ? et il faut songer à l'avenir. La vie de garçon, c'est très joli, mais il faut se créer un foyer. As-tu songé à te marier ? Non, moi non plus.

Jean sourit en disant ces derniers mots. Ce qu'il goûtait surtout, c'était de considérer sa vie (il était de sept ans plus âgé que son frère) comme aussi courte que celle de Philibert.

En parlant, il s'imaginait réellement avoir lui aussi vingt-quatre ans. Cela lui était doux. Il avait ainsi l'impression qu'il n'avait point perdu de temps, et puisque jamais personne ne lui demandait son âge, pourquoi ne croirait-il pas qu'il avait vingt-quatre ans ? Il continua :

– Mais n'oublions pas que nous ne sommes plus des enfants. Aussi ai-je décidé ceci : au lieu de végéter comme nous le faisons, je vais m'établir entrepreneur de maçonnerie. Je louerai un bureau dans le centre et un local dans un quartier éloigné où je remiserai mes matériaux. Pour commencer, nous ferons en sorte d'acheter ceux-ci au fur et à mesure. Et, petit à petit, la maison Michelez s'agrandira. Il y a, naturellement, un poste tout trouvé pour toi.

On était en juillet. Les deux frères, quelques jours après, partirent pour Nancy annoncer la bonne nouvelle au père. En revenant, dans le compartiment où les voyageurs s'étaient assoupis, Philibert, craignant subitement il ne savait quoi à la suite des longs entretiens qu'il avait eu avec son père et Jean, et auxquels il n'avait rien compris, adressa tout à coup la parole à son frère. Après avoir balbutié quelques mots sans suite, il finit par avouer qu'il aimait une femme, qu'il ne voulait pas le lui cacher.

– Il fallait le dire plus tôt. On ne se gêne pas entre nous. Qu'est-ce qu'elle fait ?

– C'est une jeune fille très bien. Elle habite chez ses parents.

– Eh bien, invite-la un jour. Tu me présenteras. Connais-tu ses parents ?

– Mais oui, naturellement.

Puis Philibert changea la conversation.

Il y avait deux jours que les deux frères étaient de retour à Paris, que Philibert demanda à son aîné un peu d'argent de poche et lui annonça qu'il ne rentrerait pas avant minuit.

– Je l'ai invitée au cinéma.

– Mais ses parents la laissent sortir comme cela, le soir ?

– Bien sûr, puisqu'ils savent qu'elle sort avec moi. Je vais d'ailleurs la chercher chez elle.

– Et qu'est-ce qu'il fait son père ?

– Je ne sais pas. D'après ce qu'elle m'a dit, c'est un grand industriel.

– Mais pourquoi n'invites-tu pas cette jeune fille ici ? Comment s'appelle-t-elle ?

– Elle s'appelle Mariette.

– Mariette ?

– Enfin… oui… oui… Mariette.

– Tu ne sais pas comment elle s'appelle ?

– Si… Mariette.

– Mariette comment ?

– Mariette.

– Son nom de famille, je te demande.

– Ah ! bon… oui… oui… Mariette, elle s'appelle Mariette Milet.

– Milet ? C'est une drôle de coïncidence. Nous nous appelons Michelez et elle s'appelle Milet.

– Pourquoi drôle ?… c'est très simple… elle s'appelle ainsi.

À la suite de cette conversation, Philibert se garda bien de sortir le soir. Jean n'avait pas tardé à oublier cette histoire. Bien qu'il fut taciturne, il s'éveillait joyeux. Il s'habillait à la hâte, frappait à la porte de son frère et l'engageait à se lever rapidement afin de sortir. Ce dernier répondait : « Oui. Tout de suite. » En chantant, l'aîné l'attendait dans la salle à manger. Au bout d'un quart d'heure, ne voyant pas son frère, il retournait frapper à la porte. Philibert s'était rendormi.

Un matin, Jean Michelez frappa, comme il était habitué à le faire. Personne ne répondit. Il frappa plus fort. On ne répondit pas davantage. La chambre demeurait silencieuse. Il ouvrit la porte. Le lit était vide. « C'est incompréhensible, pensa le jeune architecte, il s'est couché hier soir à dix heures. Il a donc attendu que je dorme pour sortir. Mais il est libre de sortir quand cela lui plaît. Il n'a pas besoin de se cacher. Je vais le guetter. Je ne bouge pas d'ici-avant qu'il ne rentre. Ce sont des gamineries. » L'histoire de Mariette lui revint à la mémoire. « Je comprends maintenant son trouble. Cette soi-disant jeune fille de bonne famille est une petite femme chez qui monsieur passe la nuit. »

Jean referma la porte de la chambre vide. Il faisait une matinée superbe. Le soleil qui pénétrait dans les pièces était déjà chaud. « C'est tout de même ennuyeux de monter la garde ici, par un temps pareil. On a envie de marcher, de respirer. » L'architecte se trouvait dans son bureau. Soudain ses lèvres articulèrent cette simple interjection : « Oh ! » Un tiroir du secrétaire était ouvert, celui justement où il avait rangé les quarante mille francs que son père lui avait donnés sur sa part d'héritage, il y avait quelques jours, pour s'établir.

Le lendemain, Jean Michelez tomba malade et dut s'aliter. Dès qu'il essayait de se lever, il ressentait, au côté droit, une douleur telle qu'il se recouchait immédiatement. Il ne pouvait plus entendre le moindre bruit ni le moindre cri. Parfois, la nuit, il s'éveillait tout à coup et, au souvenir de ce qui s'était passé, croyait rêver.

Dès qu'il fut rétabli, il se rendit à Nancy. En arrivant, il vit son père qui l'attendait en faisant les cent pas sur le quai de la gare, les mains derrière le dos, l'air renfrogné. C'était un homme petit mais fort. Un complet de chasse le vêtait. Ses jambes, courtes et bien musclées, étaient arquées. Peu soucieux de dissimuler cette infirmité, il portait des leggins français, c'est-à-dire de cuir noir et souple épousant le mollet et se laçant devant ainsi que des bottines. Ce vétérinaire ne regardait jamais une bête. On pouvait, en sa compagnie, rencontrer des chiens, des bœufs, des chevaux, jamais il ne leur jetait le moindre coup d'œil. Ne point se laisser apitoyer ne suffisait pas et n'était que normal. Il fallait aller plus loin, en ce qui concernait les animaux, aller jusqu'à l'indifférence complète. Il avait un peu cet aspect qu'ont les instituteurs, médecins, notaires de campagne, c'est-à-dire un visage sur lequel l'étude a laissé comme une nappe de fraîcheur que le grand air et le soleil n'ont point complètement effacée, et un corps paraissant porter les traces de gros travaux manuels, de longues marches, mais qui laisse deviner, sous les vêtements, sa blancheur et son inaptitude.

– Alors qu'est-ce qui est arrivé ? demanda-t-il tout de suite en s'arrêtant et en regardant fixement dans les yeux son fils aîné.

Ce dernier raconta tout sur-le-champ, insistant particulièrement sur le fait qu'il avait voulu faire la connaissance de l'amie de Philibert. M. Michelez avait écouté ce récit sans l'interrompre une seule fois, attentif seulement, semblait-il, à ne pas trahir ses sentiments. Mais lorsque Jean eut terminé, au lieu de demander d'autres explications ainsi que son attitude intéressée et glaciale le laissait croire, il entra soudain dans une colère d'une violence inouïe.

– Comment, cria-t-il, tu veux me faire croire que cet enfant est capable de voler ! À moi, son père, tu veux me faire croire cela ? Dis-moi, pendant que tu y es, qu'il a tenté de t'assassiner. Enfin, quoi, tout de même. Voilà un garçon qui revient après trois ans de service militaire sans une punition, estimé de ses chefs, et tu voudrais me faire avaler cette histoire ! Avoue plutôt que les quarante mille francs, tu les as dépensés à faire la fête avec tes sales bonnes femmes de Paris. Tout se saura. Il reviendra, Philibert. S'il est parti avec une jeune fille, c'est de son âge, mais il reviendra. Qu'est-ce tu trouveras alors à dire ?

M. Michelez avait toujours eu un faible pour son jeune fils. Malgré ses mensonges, ses cachotteries, il s'était attaché à cet enfant qu'il supposait moins intéressé, plus simple, moins ambitieux que l'aîné. Il s'emporta encore davantage.

– En quelques mois, tu as trouvé le moyen de perdre Philibert. Au lieu de le conseiller, de le surveiller, tu as laissé aller la barque au gré du vent. C'est joli, ce que tu as fait. Quant aux quarante mille francs, je n'ai pas de preuves, mais, mets-toi bien cela dans la tête, je les aurai les preuves.

Il frappa le sol de sa canne.

– Je les aurai !

Le train qui avait conduit Jean venait de partir. Tendant son bâton dans sa direction, le père continua avec rage :

– Tout cela, c'est de ta faute, Jean. C'est de ta faute, je me demande ce que tu fabriques là-bas, à Paris. Va, tu vois le train, cours après, cours… cours… Tu peux retourner d'où tu viens. Allez… allez… cours, je te dis. Je ne veux plus te voir. Tu as compris. Je ne veux plus te voir.

Jean essaya de ramener son père à plus de calme. Ce fut peine perdue. À mesure qu'il parlait, M. Michelez s'échauffait de plus en plus, menaçant le ciel de sa canne. Soudain son visage devint cramoisi. Ses yeux, jaunis par l'albumine, se voilèrent de gris. Nerveusement, il serra les lèvres, désigna de nouveau le train déjà loin.

– Cours donc après, je te dis, cria-t-il finalement.

Puis, parce que dans son esprit la vie de Paris n'était pas sérieuse, il ajouta pour imiter le bruit d'une locomotive, aussi ridicule, aussi vain que celui du mouvement de la ville :

– Tchou… tchou… tchou… tchou…

Jean voulut le supplier de revenir à de meilleurs sentiments. Il n'en eut pas le temps. Son père, qui lui avait tourné brusquement le dos, s'en allait à grands pas vers le portillon.

Quelques années s'écoulèrent sans que Jean Michelez prît une décision quelconque. Faute de capitaux, il avait remis à plus tard la création de l'entreprise qu'il avait projetée. Parfois, l'on s'adressait à lui pour des conseils. Il vivait ainsi de rétributions assez vagues, de travaux pour des architectes établis, d'expertises pour des clients craignant d'avoir été trompés ailleurs.

Puis vint la guerre. L'architecte était alors âgé de trente-trois ans. Il y avait six mois qu'il était mobilisé qu'une balle vint lui traverser le bras, sectionnant les nerfs commandant la main gauche. À la suite de cette blessure, il fut réformé.

De retour à Paris commença pour lui la période la plus douloureuse de sa vie. Un soir de l'été 1915, comme il allait lire le communiqué qui, ce jour, était favorable aux troupes françaises, il lia connaissance avec une femme très belle mais d'aspect sévère, venue, ainsi que lui, aux dernières nouvelles. Elle était vêtue de sombre et pouvait être âgée d'une trentaine d'années. Elle ne prêtait aucune attention aux officiers, aux soldats qui la côtoyaient dans cet attroupement. La perspective d'une victoire amenant la fin de la guerre l'avait sans doute poussée à adresser la parole à son voisin qui était justement Jean Michelez. Il la raccompagna en l'écoutant parler. Il apprit ainsi, au cours de la route, qu'elle était mariée à un docteur qui était au front.

Pratique, femme de tête, autoritaire mais bonne, Denise Vannier (elle s'appelait ainsi) avait pour son mari un amour et une admiration sans bornes. Elle ne vivait que pour lui ; quand il s'absentait, ne parlait que de lui. Les querelles qui avaient pu s'élever entre eux s'étaient toujours tout de suite éteintes. Ils n'avaient point d'enfant. Aussi se gâtaient-ils réciproquement, s'ingéniant à trouver des attentions, des preuves de leur amour. Chaque jour, ils s'écrivaient, se quittant à la dernière page sur ces mêmes paroles qu'ils prononçaient avant de s'endormir et se retrouvant, le lendemain, dans la lettre suivante comme à un réveil. Elle accepta pourtant de revoir Jean Michelez, mais franchement, non sans lui avoir appris qu'elle souffrait trop lorsqu'elle était seule et qu'elle aimait mieux se confier à un étranger qu'à des proches. Les premières rencontres furent empreintes de solennité. On eût dit des rendez-vous ménagés par un tiers. Denise parlait tout le temps, était joyeuse selon qu'elle avait ou non reçu une lettre de son mari, racontant ce qu'il lui avait écrit, ce qu'elle allait lui répondre. Il l'écoutait pieusement, puis la reconduisait jusqu'à la porte de son domicile, rue Thouin. Jamais elle ne riait. Quelquefois, pourtant, elle l'accueillait avec un sourire aimable. Il était un peu désagréable à Jean d'être le compagnon d'une femme dont le mari risquait chaque jour sa vie. Mais elle était à son égard si froide, si distante, les conversations roulaient sur des sujets tellement proches de l'absent, quand ce n'était pas sur lui que, malgré qu'il en eût, il ne lui semblait pas mal agir.

Un soir elle arriva, lui sembla-t-il, avec un visage plus reposé que d'habitude, avec même quelque chose de joyeux dans le regard. L'été tirait sur sa fin.

– On m'a affirmé, dit-elle tout de suite, que ce sera fini pour l'automne, que les hommes ne pourront jamais passer un deuxième hiver.

Puis, Denise qui, jusqu'à ce jour, n'avait fait que parler de son mari ou d'elle, manifesta de la curiosité à l'endroit de Jean, lui posant des questions, lui demandant des détails sur sa vie. L'architecte venait d'entreprendre le récit du vol de son frère, lorsque, tout à coup, Denise l'interrompit :

– Soyez gentil. Écoutez-moi. Vous terminerez tout à l'heure. Je pense à ce que m'a affirmé une personne. Croyez-vous que la guerre puisse finir avant l'hiver ? Vous ne pouvez pas vous imaginer comme je souffre par les nuits de vent et de gel. Je pense à lui. Je me dis : « Il est peut-être couché dehors. Il est peut-être incapable de marcher. Il est blessé. Les hommes de sa compagnie ne le savent pas et ne peuvent aller à son secours. » Et je n'ose pas ouvrir la fenêtre tellement le noir me fait peur. Je crie, vous savez, en voyant le noir devant moi, et en pensant qu'il est là quelque part, dans cette nuit, alors qu'il pourrait être près de moi où il fait chaud, où on l'aime, où on le soigne. Je vous jure que le matin est une délivrance pour moi. Alors, seulement, je m'endors.

D'autres fois, quand elle était plus optimiste, il lui arrivait de parler des petits défauts de son mari.

– Ah ! il n'était pas toujours commode ! Il se fâchait quelquefois comme un vilain garnement. Oh ! cela ne durait pas. Je n'avais qu'à faire la moue et il venait, bien sagement, m'embrasser. Eh bien, savez-vous ce que je faisais alors ? Je lui disais : « Non, mon petit, c'est trop simple. Tu n'as qu'à me dire les pires choses et après, tu fais ton joli visage. Non, pas aujourd'hui. » N'avais-je pas raison, monsieur ?

Jean Michelez l'approuvait. Mais il ressentait de plus en plus une sorte de douleur un peu semblable à celle que cause la jalousie, moins forte et en même temps plus désagréable, car il ne savait comment lutter contre elle.

Un soir, il lui apporta des fleurs. Elle les accepta en riant, et, pour le remercier, posa sa main sur la sienne en disant :

– Vous êtes un fou !

À neuf heures, il la quitta tout ému.

L'image de ce major, dont la femme avait tant parlé qu'il le connaissait mieux qu'elle, qu'il savait sur lui des détails qu'il ignorait sur elle, s'estompait pourtant dans la brume. Denise, comme si elle eût été seule au monde, se dressait devant lui. Elle était vivante. Son mari n'existait plus ou, du moins, n'existait que peint avec des mots, comme un parent mort depuis des années.

Le lendemain, Denise arrivait au rendez-vous comme si rien ne s'était passé la veille, le visage calme et reposé. Jean la regarda comme si elle eût pu, un jour, lui appartenir.

– Alors, Denise ?

C'était la première fois qu'il osait l'appeler par son prénom. Elle n'en fut pas surprise et, en souriant, répondit :

– Alors, monsieur Jean ?

– Voilà ! Dit-il.

– Voilà, répéta-t-elle, mais en montrant les paumes de ses mains comme si on l'eût accusée de cacher quelque chose.

Elle ne cachait rien. Elle aimait son mari et n'aimait que lui.

– J'ai peur, dit tout à coup Denise comme les sirènes venaient de mugir, je vais rentrer.

Cette parole glaça l'architecte. Son emballement tomba. Il regarda l'heure.

– Il n'est que neuf heures.

– Je rentre… je rentre. Je n'ai pas eu de lettre aujourd'hui et je veux rentrer.

Un quart d'heure après elle prenait congé de lui sur ces mots, les mêmes qu'elle prononçait chaque soir :

– Alors, vous viendrez demain ?

Jean Michelez était loin de se douter que c'était la dernière fois qu'il entendait cette interrogation dans la bouche de Denise. Le lendemain, en effet, il attendit la jeune femme en vain. Une semaine durant il se rendit, chaque soir, au café où ils avaient eu l'habitude de se rencontrer, mais, chaque soir, à neuf heures, à la fermeture, il s'en retournait seul. « Son mari est venu en permission, pensait-il en marchant, dès qu'il sera parti, elle viendra. » Un mois s'écoula durant lequel Jean ne manqua pas un soir d'aller au café, mais Denise ne parut pas une seule fois. À ses espérances avait succédé un profond abattement. Il ne désirait rien, vivait sans se soucier des événements, uniquement préoccupé de rôder autour du café.

La rue Thouin, où demeurait Denise, où il l'avait tant de fois accompagnée, était toute proche. Une crainte obscure l'empêchait de la parcourir car, au fond de lui-même, il expliquait la disparition de la jeune femme par le retour de son mari. Il était peut-être réformé, ou en convalescence. Jean Michelez redoutait plus que tout de la rencontrer à son bras. Mais, un mois plus tard, il n'y tint plus. Il se rendit rue Thouin, passa devant l'immeuble qu'elle habitait, repassa, se postant tantôt à un bout de la rue, tantôt à l'autre, regardant les fenêtres du premier au sixième, car elle n'avait jamais voulu lui dire quel était son étage. Nulle part les volets n'étaient fermés. Elle se trouvait certainement à Paris. Un matin, alors qu'il venait de s'engager dans la rue Thouin, il vit une femme en grand deuil sortir de la maison de Denise et se diriger vers lui. Il s'arrêta. Tout à coup, la respiration lui manqua et il rougit jusqu'aux oreilles en une seconde. Il venait de reconnaître Denise. Elle s'approchait de lui. Son visage amaigri était pâle. Ses yeux semblaient plus grands, les lèvres sans vie. Elle marchait avec raideur, comme si elle eût été alitée plusieurs semaines. Ses mains, gantées de noir, se perdaient dans le noir de la robe. Les épaules étaient droites et hautes. Elle s'approchait toujours. Jean, la bouche entrouverte, respirait à petits coups, un peu comme s'il eût haleté. Elle était à quelques mètres de lui. Elle le regarda, parut ne point le reconnaître, le dépassa sans que rien, sur elle, sur son visage, eût bougé.

Quelques mois après la fin inattendue de cette liaison, Jean Michelez se rendit à Nancy, alors en pleine zone des armées, son père lui ayant écrit qu'il voulait le voir. Au cours d'une permission, Philibert avait avoué à Michelez la vérité. Celui-ci s'était alors rendu compte qu'il avait été injuste à l'égard de son fils aîné et lui avait écrit de venir passer une semaine ou deux près de lui. De retour à Paris, avec l'argent que M. Michelez lui avait avancé une deuxième fois, Jean monta, peu à peu, prudemment, son entreprise. Il n'y avait pas d'hommes. Il était honnête, scrupuleux. À la signature de l'armistice, l'affaire marchait déjà bien. Mais, au cours des années suivantes, il ne sut plus où donner de la tête. De toutes parts, on lui commandait des travaux. Il fut obligé d'établir un tour. Si nombreux étaient ses clients que le dernier attendait parfois deux mois avant que l'on commençât à s'occuper de lui. En 1924, son père mourut. De nouveau il se rendit à Nancy et, pour la première fois, se trouva face à face avec son jeune frère. Il avait changé. La guerre l'avait rendu plus ouvert, plus exubérant. Les deux hommes ne s'adressèrent pourtant point la parole. Ce fut pendant la vente de la ferme qui eut lieu peu après l'enterrement de M. Michelez qu'il fit la connaissance d'Antoinette Rigal. Fille d'un riche propriétaire justement sur le rang des acheteurs de la ferme, elle était âgée de trente-cinq ans et semblait vouée au célibat. Assez forte, le visage aux traits masculins, la seule occupation de sa vie avait été de gâter son père, dont la femme était morte en mettant au monde cette fille. M. Rigal avait exercé sur elle, non seulement l'emprise d'un père, mais un peu celle d'un mari, si bien qu'Antoinette, chaque fois qu'elle se trouvait en présence d'un homme, qu'elle l'écoutait, qu'elle se prenait à s'intéresser à ses paroles, avait comme l'impression de tromper son père. Au contact de ce dernier, elle s'était familiarisée avec les habitudes des hommes, avec leurs vêtements, avec leurs goûts, et avait fini par avoir presque l'air d'une femme mariée. Inconsciemment, elle avait de celle-ci la manière de parler, de se plaindre, de se distraire, sans que pourtant jamais elle eût appartenu à qui que ce fût. On pouvait conter devant elle des histoires à double sens, qu'elle paraissait comprendre et souriait. Elle cachait ainsi ce qu'il pouvait y avoir d'anormal dans ce célibat prolongé. Gênée d'être vieille fille, elle se servait de tout ce qu'elle avait appris en soignant son père, en commandant les domestiques, en dirigeant une maison, pour se donner les apparences d'une vraie femme. Aussi, quand Jean la demanda en mariage, répondit-elle comme l'eût fait une veuve ou une femme divorcée, avec calme et réflexion, envisageant cette union, semblait-il, ainsi qu'une affaire d'intérêt. En réalité, elle était profondément émue. Quoiqu'elle s'imposât de paraître ne rien ignorer des habitudes de l'homme, elle se sentait toute perdue devant Jean Michelez, mais s'efforçait de ne point le laisser voir, ce qu'elle eût jugé ridicule à son âge. L'entrepreneur fit plusieurs fois le voyage de Nancy avant qu'elle consentît, car, bien qu'elle brûlât de se marier, elle voulait que son fiancé crût qu'elle n'y tenait pas tellement, sans quoi elle ne l'eût pas attendu. Elle avait pris l'attitude d'une femme qui, ayant souffert au cours d'une première union, hésite à se remarier. Finalement, elle accepta et peu après la célébration du mariage, qui eut lieu à Nancy, vint habiter Paris, avec son mari. Il commença aussitôt, à Neuilly, la construction de la villa La vie là. Quelques mois plus tard, les époux Michelez étaient installés. Peu après, à un an d'intervalle, naquirent deux fillettes…

Quatre années s'écoulèrent. Jean Michelez portait à présent des lunettes à monture d'or, comme celles de Schiebelhut. Le linge de corps était la seule partie de la toilette à laquelle il attachait de l'importance. Chaque matin, sa femme posait dans sa chambre une chemise blanche qu'il examinait soigneusement. Lorsqu'il l'avait mise, un rien faisait qu'il l'ôtait et en demandait une autre. Il était toujours vêtu d'un complet sombre fait sur mesure par un petit tailleur, plus sensible qu'il était à la qualité de l'étoffe qu'à la coupe. Ce penchant de son caractère se retrouvait dans les affaires qu'il traitait. Il se faisait toujours fort de découvrir des matériaux de premier choix, dans des maisons inconnues, matériaux qu'il affirmait identiques, sinon supérieurs à ceux des maisons importantes comme Lebert ou Vercamen, plus soucieuses, selon lui, de la présentation que de la qualité. L'ensemble de sa personne respirait la santé, l'amour du petit détail, le désir de satisfaire sa clientèle, de plaire en société, l'ordre et la probité. L'ordre surtout était à ses yeux la qualité fondamentale de tout commerçant. Il découvrait du désordre chez ses amis les mieux organisés. Car il avait des manies. Si autrui n'avait point les mêmes, cela prouvait de sa part un inconcevable désordre. Ainsi ne pouvait-il supporter que l'on posât quoi que ce fut sur une cheminée. Il lui fallait que la garniture (une pendule entre deux chandeliers de bronze par exemple) fut seule. C'était en somme des pièces d'art, dont on diminuait la valeur en les entourant d'objets quelconques. Quand il rendait visite à un client ou à un ami et qu'il voyait des flacons sur la cheminée, fussent-ils soigneusement alignés par ordre de grandeur, il en concluait que ces gens n'avaient aucun ordre et supposait les pires choses dans les pièces où il ne pénétrait point.

Avait-on idée de gâter la vue d'un tel objet par le voisinage de flacons ! Qui s'aviserait donc de placer, dans un salon, des chaises de bois blanc ! Jean Michelez parlait peu. À présent qu'il marchait sur le déclin, après une existence monotone, il n'avait plus qu'un but : gagner de l'argent et ne pas en dépenser. On s'était assez moqué de lui. Il y avait tout de même, sur terre, une justice. C'était à lui maintenant à être dur. Sans grandeur apparente, renfermé, toujours sur la défensive, il inclinait à croire que ses interlocuteurs essayaient de le tromper. Quand la conversation roulait sur un sujet qui, vraiment, ne pouvait l'amener à redouter qu'on ne lui demandât quelque service, il se méfiait quand même. M. Dausset, homme dont la situation était pour le moins aussi importante que la sienne, lui disait-il que Mme Auriol, une voisine, avait certainement possédé, jadis, une grande fortune, cela se discernant à de petits riens, que des soupçons lui venaient aussitôt. Si M. Dausset lui parlait en ces termes de Mme Auriol, n'était-ce pas qu'il ressentait à l'endroit de cette dernière un certain penchant et qu'il projetait de faire faire par lui, Jean Michelez, ce que lui, Dausset, l'avarice même, ne voulait point faire ? Alors l'entrepreneur changeait la conversation. Il en avait, d'ailleurs, l'habitude. Il suffisait qu'une conversation s'éternisât, pour qu'il lui semblât que quelque chose se tramait. Il se hâtait de trouver un autre sujet. On eût dit que seule la diversité le mettait à l'abri.

Jean Michelez avait l'impression très nette de n'avoir été aimé ni compris par personne, d'avoir été écarté de tous les événements heureux. Enfant, n'avait-il pas remarqué que l'on avait toujours plus fait pour son frère que pour lui ? Et Schiebelhut, et Denise Vannier, ne l'avaient-ils point tourné en ridicule ? Il ne doutait pas de l'affection que lui portait sa femme. Mais eût-elle hésité entre son père et lui ? C'était un mariage de raison. Il ne fallait même pas lui en vouloir. En allant à Nancy, il se souvenait très bien qu'il n'avait jamais ressenti la moindre émotion. « Elle acceptera. Si elle n'accepte pas, ce n'est pas grave », avait-il chaque fois pensé dans le train. Justement parce qu'il ne l'avait pas désirée, elle avait accepté. En définitive, ne se liait-on pas avec lui parce qu'il avait une situation enviable ? Enfin pourquoi aujourd'hui tant d'amis, pourquoi une femme, pourquoi tant d'occupations, alors que jadis, seul à Paris, il ne trouvait même pas un voisin à qui se confier ? Il approchait de la vieillesse. Pourtant, c'était comme à un jeune homme qu'on lui parlait. Tous étaient, sans aucun doute, intéressés. Eh bien, il le serait, il le serait aussi. Par un reste de fraîcheur, il s'appliquait cependant à ne point laisser paraître le fond de sa pensée. En face d'autrui, il demeurait aimable et souriant, ce qui prêtait à sa personne un air ambigu. Car, à certains moments, sa pensée finissait tout de même par percer, et, une fois mêlée à son aspect extérieur, l'ensemble créait de la gêne. « On ne sait jamais ce qu'il pense, s'il a envie de vous envoyer promener ou de vous serrer dans ses bras », disait-on de lui. À l'instant où, après avoir froissé un camarade, ce dernier s'apprêtait à le quitter en songeant : « Qu'il est peu sympathique ! », le visage de Jean Michelez s'éclairait durant quelques minutes, et, comme pour se faire pardonner, il ne savait que dire pour plaire à son compagnon. Devant cette nouvelle attitude, celui-ci oubliait et trouvait même quelque plaisir à rester. Mais ce n'était toujours qu'un feu de paille. Une expression bizarre ne tardait pas à se peindre de nouveau sur le visage de l'entrepreneur. Pourtant il parlait, mais comme l'amoureux sentimental soudainement froissé, sans feu, prononçant des paroles aussi aimables que celles qui avaient précédé, mais l'esprit absent, tellement absent que jamais il ne se douta qu'on remarquait ses sautes d'humeur.

Lorsque Jean Michelez fut arrivé devant sa villa, il la contempla un instant. C'était une maison d'un étage, construite en pierres meulières, ayant un vague air de cottage. Puis il examina la tige de fer de la sonnette, maintenue au mur par deux anneaux dans lesquels elle se mouvait en grinçant, quand on sonnait. Il la tira. Elle résista. Il tira plus fort. Finalement, un tintement retentit dans la villa. Sans regarder Madeleine, la bonne (Antoinette l'appelait Mado) qui venait ouvrir, car cette porte, jour et nuit, était soigneusement cadenassée, l'entrepreneur ayant voulu qu'il fut aussi difficile de pénétrer dans un jardin que dans un appartement, il continua d'examiner la tige de métal.

– C'est bien cela, marmonna-t-il, on s'adresse aux maisons les plus importantes et on est volé la même chose. Je vais leur écrire. Ils se dérangeront. Ils verront ce que ça leur coûte de livrer du travail mal fait. Ferronnier ! Et ça s'intitule ferronnier !

Madeleine, après avoir ouvert, était repartie, non sans avoir accueilli son maître par un « Bonjour, monsieur » plein d'indifférence. C'était une jeune fille de dix-huit ans, qui ne vivait qu'en pensant aux relations qu'elle aurait un jour avec un homme, en y pensant avec une telle intensité que ses moindres gestes semblaient ceux d'un automate, son regard, celui d'une illuminée. Jean Michelez entra dans le jardin puis, avant de fermer la porte, fit jouer avec satisfaction la serrure Tenax. C'était la meilleure marque ; la maison finie, il avait voulu qu'elle fût bien défendue. Enfin, il se dirigea, à travers le jardin, vers la villa, mais sans même jeter un coup d'œil sur la véranda où il savait, pourtant, que se tenait sa femme. Ce n'était pas par indifférence ni par distraction qu'il agissait ainsi, mais par sérieux. Les premières paroles qu'il échangeait avec Antoinette n'étaient jamais de bienvenue. Il lui demandait un renseignement quelconque : « Dausset est-il venu ? » ou « Y a-t-il une lettre pour moi ? » ou encore posait cette interrogation morne, toujours accueillie par un hochement de tête : « Quoi de neuf ? »

Au milieu de la petite allée parsemée de cailloux blancs, l'entrepreneur s'arrêta de nouveau pour examiner, cette fois, un des arceaux qui bordaient le chemin, et qui était à demi sorti de terre. Il le redressa, puis l'enfonça à coups de talon en maugréant. Les parterres de fleurs, les arbres, le laissaient indifférent ; seuls les pierres taillées, le fer l'intéressaient. Jean Mlchelez monta les quelques marches qui conduisaient à la terrasse de sa villa. Celle-ci était entourée d'un mur de quatre-vingts centimètres de hauteur découpé en denticules à la manière des silhouettes de château. Des tubes creux de fer reliaient chaque dent. Mais, au lieu d'être pris dans le ciment, ils jouaient ainsi que la tige de métal de la sonnette, dans un fourreau qui, lui, faisait corps avec le ciment. Ce détail, en apparence insignifiant, éclaire l'esprit de l'entrepreneur. Il est des boulangers qui cuisent, pour leur famille, un pain spécial, des maroquiniers dont le portefeuille ne ressemble à aucun autre. Architecte et entrepreneur, Jean Michelez avait voulu, en ce qui concernait sa villa, atteindre à la perfection, à une perfection que l'on n'eût pu espérer sans être de la partie. Tout avait été prévu, pesé, calculé. Et ces tubes de fer, qu'il eût été si simple de fixer directement dans le ciment, pouvaient, à présent, se dilater au soleil. Grâce aux fourreaux, les dents ne risquaient point de se fendre.

– Tu n'es pas en avance, lui dit sa femme en venant à sa rencontre.

– Je ne suis pas en avance ? Comment donc je ne suis pas en avance ? Je n'ai pas à être en avance. Le dîner est-il prêt seulement ?

– Naturellement. Es-tu passé chez Daniel ? – Ce n'est pas fini. Je l'ai prévenu que tu ne serais pas contente. Sais-tu ce qu'il m'a répondu ? « À l'avenir vous direz à Madame qu'elle s'adresse 12, rue Saint-Honoré. C'est une maison qui travaille beaucoup plus vite que la mienne. »

– Qu'est-ce que tu as répondu ?

– Que j'avais justement l'intention de te le conseiller.

– Très bien. Et qu'est-ce qu'il a dit ?

– Rien... rien. Il était plutôt ennuyé.

Jean pénétra dans la salle à manger. Tout y était en ordre, mais d'une froideur désespérante. Aucun fauteuil, aucun tapis ne donnait envie de s'attarder dans cette pièce.

– Et les enfants ?

– Ils sont couchés. Ah ! je ne t'ai pas dit. La petite a lancé un caillou contre un carreau. Il n'est pas cassé, mais il est quand même fendu.

– Bien. Il faudra la punir. Demain, j'enverrai mon vitrier.

Jean Michelez se rendit dans son bureau, fit quelques pas de long en large, puis s'accouda à la fenêtre. À une cinquantaine de mètres on pouvait apercevoir, à travers les taillis, une petite maison de briques qui, par rapport à la route, se trouvait derrière la villa La vie là. C'était un pavillon sans étage, sans fondations, auquel on accédait par un sentier côtoyant la propriété de l'entrepreneur et dont l'adresse était : Pavillon rosé, 180 ter, boulevard Bineau, sentier des Fleurs. Il appartenait à M. Dausset. Celui-ci l'avait acheté, il y avait une trentaine d'années, ainsi que plusieurs hectares de terrain, afin de s'en servir de petite maison de campagne, mais il ne tarda pas à l'habiter toute l'année tellement il s'y plaisait. Cette région était alors déserte, bien qu'agréable et toute proche de la Seine. M. Dausset recevait chaque dimanche des amis ou des parents avec lesquels il buvait et conversait sous une tonnelle aujourd'hui disparue. Peu à peu, des maisons avaient surgi, le terrain prit de la valeur, si bien que M. Dausset ne se tint bientôt plus de joie d'avoir fait une si bonne affaire, d'avoir eu tant de flair. Ayant hérité, quelques mois après la guerre, un immeuble à Paris, il fit expulser un des locataires de cette maison en vertu d'une loi qui l'autorisait à le faire du moment qu'il fournissait la preuve que c'était pour son usage personnel qu'il réclamait ce local, et vint habiter Paris.

Ce M. Dausset était le type de l'homme qui s'adapte aux circonstances et qui, bien que son origine le pousse à s'élever contre des procédés malhonnêtes, s'applique à imiter les hommes, se montrant même, dans son zèle, plus roué qu'eux, non par lucre, mais par peur de n'avoir pas l'air de vivre avec son temps. Donc, en quittant ce pavillon humide et mal construit, il n'emporta que ce qui avait de la valeur, laissa de vieux meubles, un lit au sommier moisi, un peu de vaisselle et, par l'intermédiaire d'une agence à qui il laissait la liberté de fixer le prix dont la part dépassant le minimum imposé par lui serait partagée pendant la première année, il loua en meublé. Ce fut ainsi que Mme Auriol et sa fille vinrent habiter ce pavillon, succédant à de nombreux locataires qui y avaient déjà fait des séjours plus ou moins longs.

Comme les citadins à qui la peur d'une révolution fait acheter une ferme et qui aménagent un four de boulanger dans une étable, M. Dausset rêvait de vivre sans le concours de personne. Bien que cela lui revînt plus cher, il faisait cultiver le jardin entourant le pavillon (dans lequel, d'ailleurs, les locataires n'avaient pas le droit de se rendre) par un ouvrier à la journée, tellement il était heureux d'aller, le matin, chercher les légumes dont il avait besoin pour la journée. Se passer de tout le monde était, pour lui, le but auquel doit tendre tout homme. Les peines d'autrui le laissaient complètement indifférent. Grâce à une obscure croyance, celle que l'idéal est de vivre comme lui et que si le monde se résolvait à l'imiter, c'en était fini des guerres et de la souffrance, il excusait son égoïsme. Ses biens étaient dispersés dans la région parisienne. (Il possédait, en outre, une petite propriété à Gargan où il passait l'été et où le vieil oncle qui y demeurait toute l'année était chargé de traire les deux chèvres et de lui faire parvenir le lait, un garage à Villemomble et, dans le dix-huitième arrondissement, un autre immeuble dont il n'avait pu augmenter les loyers à cause de la prorogation accordée jusqu'en 1931, mais qu'il se réservait bien de quintupler.) Et il employait ses journées à courir de l'une de ses villes à l'autre, emportant d'ici, un panier de fruits, de là, un outil oublié, de là encore, quelques lettres ou factures.

Sa dernière locataire, Mme Auriol, était une femme encore jeune, dont la distinction et la réserve lui imposaient un vague respect, ainsi d'ailleurs qu'à Jean Michelez. Ce dernier, lorsqu'il la rencontrait, la saluait et, par une fierté enfantine, il lui arrivait souvent de rebrousser chemin et d'entrer chez lui sans raison, simplement pour montrer à cette étrangère qu'il habitait vraiment là et que, si sa mise semblait bien grossière à côté de celle de la jeune femme, sa demeure, par contre, comparée au misérable pavillon, équilibrait la balance.

Quelquefois, M. Dausset, à qui M. Michelez avait acheté le terrain en bordure du boulevard, ce qui expliquait que le pavillon se trouvait isolé (sans autre débouché sur la rue que cet étroit sentier des Fleurs) derrière la villa La vie là, venait rendre visite à l'entrepreneur. Les deux hommes ne manquaient alors jamais de parler de Mme Auriol. Jean avait appris ainsi que cette Mme Auriol avait appartenu à la bonne société, qu'elle connaissait les châteaux de la Loire, Venise, Montreux, qu'elle avait sans doute perdu sa fortune, mais qu'elle était très fière, que jamais elle ne demandait quoi que ce fût, qu'elle réglait toujours à date fixe son loyer, qu'elle ne devait pas s'appeler Mme Auriol mais Penton ou Pennington et qu'elle était anglaise.

Après le dîner, les époux Michelez se rendirent sur la terrasse. Les soirées étaient encore tièdes. Dans la paix du soir, les bruits de la ville parvenaient aussi reposants que le silence. La lune semblait absolument d'argent. Derrière les buissons, tout près de la grille d'entrée, on apercevait deux taches blanches et rectangulaires. C'étaient les murs du garage que l'entrepreneur venait de faire construire. Dans la salle à manger éclairée, on entendait, par la fenêtre ouverte, Madeleine desservir.

– Mais comment la petite a-t-elle cassé le carreau ? demanda l'entrepreneur.

– Je te l'ai déjà dit. Avec un caillou.

– Tu n'étais donc pas là ?

– Je ne peux tout de même pas rester à côté des enfants toute la journée. J'ai mes occupations. Il faut que je fasse tout ici. Tu ne voudrais pas, en rentrant de ton bureau, trouver la villa comme tu l'as quittée le matin.

– Madeleine ne fait rien alors ?

– Elle rêve, je ne sais à quoi ; mais elle rêve. Je dois tout lui dire, tout lui montrer. Et le lendemain, elle ne se souvient plus de rien.

Antoinette, depuis qu'elle habitait Neuilly, se plaignait continuellement, non pas qu'elle eût tellement de raisons de le faire, mais parce qu'elle craignait que l'on ne pensât qu'elle se réjouissait d'être mariée. Un reste de pudeur l'empêchait, en toutes circonstances, de montrer ses sentiments.

Soudain la sonnette tinta.

– Qui cela peut-il être ? demanda Jean surpris.

– Marigny peut-être.

Antoinette appelait ainsi un de leurs voisins qui, ayant rencontré un jour son mari à Paris, l'avait entraîné au Théâtre Marigny.

– Mado, allez ouvrir, fit-elle en gagnant, accompagnée de Jean, le salon.

Quelques instants après, la bonne introduisait Mme Auriol, cette voisine mystérieuse de qui, tant de fois, l'entrepreneur s'était entretenu soit avec sa femme, soit avec M. Dausset.

De son nom de jeune fille, Mme Auriol s'appelait Édith Pennington. Fille d'un gros armateur de Boulogne-sur-Mer, elle avait vécu en cette ville jusqu'à l'âge de vingt ans. John Pennington, son père, venu en France par amour de ce pays, avait été un homme assez étrange. Dans les milieux de pêcheurs, on l'avait appelé le « gros Pennington » ou le « père Pennington ». Veuf très jeune, il avait vécu avec ses deux filles, Édith et Mary (cette dernière était l'aînée), dans une propriété isolée sur les dunes, nommée The Boat, et située au bord de la mer, tout près de Sainte-Cécile, à l'endroit même où quelques hommes d'affaires qui avaient projeté de créer une ville d'eaux avaient dû abandonner leur dessein à la suite d'un violent raz de marée qui avait complètement démoli l'hôtel de la plage, et de ce fait, jeté, sur cette partie de la côte, un discrédit dont elle ne s'est pas encore relevée. Sa seule passion avait été de faire le bien. On le rencontrait alors dans les ruelles du port, vêtu comme un pêcheur, sur son gros visage, qui avait quelque chose du pasteur et du bon vivant, rasé, le dos d'une largeur extraordinaire mais voûté. Devant les pas de porte où des enfants étaient assis, il s'arrêtait et, avec un bon rire, leur demandait : « Comment vas-tu, petit sauvage, et toi, grand pêcheur ? » Si la porte était entrouverte, il introduisait sa canne dans la pièce et il l'agitait jusqu'à ce qu'on vînt. Il interrogeait alors le père : « Tu travailles ? Ils sont beaux tes petits. La mère est là, hein ? » Puis il s'éloignait lentement pour recommencer, plus loin, le même manège. Il avait fait construire à Camier un refuge pour les orphelins. (Ils vivaient là comme des boy-scouts, vêtus de kaki, panant deux fois par semaine pour de longues excursions.) En vieillissant, il était arrivé à ne plus pouvoir tirer d'argent de ses expéditions en Islande et à Terre-Neuve. À l'époque des grands départs, il confiait ses soixante voiliers aux pêcheurs. À leur retour, car son goût était d'arbitrer, le produit de la vente de la pêche était chaque fois réparti par lui, déduction faite des frais, de l'amortissement des bateaux, des assurances, des œuvres de bienfaisance dont il assumait la charge. Dans sa propriété, à l'entrée, il avait fait construire un petit chalet où se trouvait un service des plus compliqués de comptabilité. Il y avait là deux employés qui traitaient M. Pennington de fou, des dactylos qui s'esclaffaient dès qu'il avait tourné le dos. Jamais il ne s'en rendit compte. Ne pouvait-on se retenir de rire devant lui, qu'il riait également, croyant qu'il s'agissait d'une plaisanterie qu'il n'avait pas comprise.

À sa mort, la haine des armateurs rivaux, les complications sans nombre de toutes ses organisations, les œuvres philanthropiques dont il portait tout le poids, engloutirent d'un seul coup sa fortune. Le refuge de Camier qui abritait près de deux cents orphelins se vit, à lui seul, grâce surtout au subit intérêt que lui témoignèrent les autres armateurs, doté d'un capital de dix millions.

Édith avait alors vingt et un ans. Sa sœur Mary, qui venait de se marier, habitait Paris. Elle vint se réfugier chez cette dernière.

Le mari de sa sœur appartenait à une famille nombreuse mais où il n'y avait aucun lien entre les membres. Le chef de cette famille, M. Auriol, était un joyeux vivant. Ses quatre fils, Hugues, Marc, André et Germain, il les avait élevés dans la liberté la plus complète. Parti de rien et arrivé à une importante situation (il était directeur d'une grande maison de commerce), il leur répéta souvent : « Vous êtes des hommes. Faites ce que vous voulez ; jamais vous ne connaîtrez les maux que j'ai endurés. » Et il ajoutait en aparté : « Ils sont nés sous une bonne étoile. Aux mauvais moments, ils trouveront toujours le toit paternel. Les Auriol sont à présent tranquilles pour trois générations. » C'était deux ans après que la guerre devait éclater.

La plupart du temps, le hasard réunissait cette famille. Aussi Germain, le mari de la sœur d'Édith, voyait-il rarement ses frères. Sa qualité d'aîné lui avait valu d'être, en quelque sorte, l'associé de son père. Hugues, lui, était parti pour le Maroc dans le but de faire de l'élevage. André, qui s'était découvert tout seul la vocation de la musique, suivait des cours et rêvait de devenir un virtuose. Marc s'était jeté dans la mécanique. Chacun de ces jeunes gens recevait la même mensualité, sauf Germain intéressé aux affaires de son père et, en outre, marié. Quant à la mère, petite-bourgeoise divorcée d'un premier mari, elle avait trouvé le moyen de considérer la situation inespérée que lui avait faite M. Auriol comme au-dessous de ce qui lui était dû. M. Pennington avait connu la famille Auriol à Paris-Plage, alors à peine construit, où celle-ci louait chaque année deux villas, l'une pour les garçons, l'autre pour les parents. À la fin des vacances, la première était méconnaissable. Des portes, des cloisons avaient été enlevées, des plafonds percés. De telles réparations étaient exigées du propriétaire, que M. Auriol pénétrait alors dans cette villa pour la première fois. M. Pennington, comme la plupart des étrangers de race anglo-saxonne, éprouvait une grande sympathie, une attitude même bizarre, pour les Français joviaux. Il en éprouva une pour M. Auriol. Une fois, pendant une semaine peut-être, il avait été en contact avec un Méridional, un Méridional semblable à tous les Méridionaux et ne sortant, en quoi que ce soit, de l'ordinaire. Depuis cette date, jusqu'à la fin de sa vie, il ne se passa pour ainsi dire pas de semaines que M. Pennington ne parlât de ce Méridional, qu'il ne citât des remarques que celui-ci avait faites, qu'il ne rît à ces souvenirs.

Il y avait un mois qu'Édith était à Paris lorsqu'elle se trouva en présence de Marc dont elle se souvenait à peine mais avec qui elle se rappelait, pourtant, avoir joué alors qu'elle était âgée de quinze ou seize ans.

Ce jeune homme était une espèce de fou, les cheveux toujours en désordre, vêtu n'importe comment, tantôt avec les complets de ses frères, tantôt avec des habits vieux de plusieurs années qu'il découvrait dans quelque placard. Possesseur d'un side-car et de deux bicyclettes, il passait ses journées à mettre le guidon de l'une à l'autre, à réparer le moteur de son side-car, et à parcourir les routes de la grande banlieue. Il avait alors vingt-six ans. Il rêvait de devenir aviateur. Une foule de camarades l'entourait, avec lesquels il partait souvent pour Rouen, Dieppe ou Chartres, disparaissant une semaine, ne donnant plus signe d'existence. L'hiver, il disputait des épreuves de ski, à Chamonix. D'un de ces concours, on le ramena un matin la cheville cassée. À son chevet, ce fut une véritable procession. Dans cette procession se trouva, un après-midi, Édith. Il était immobilisé. Ce fut une des raisons qui fit qu'il se mit à l'aimer.

Édith, au contraire, était le calme même. Toute sa jeunesse, elle avait vu des malades, des enfants abandonnés, des solliciteurs frapper à la porte de son père. À ce spectacle, elle avait acquis quelque chose de maternel, de compatissant qui trouvait, au contact de ce jeune homme plus impulsif, plus bruyant, plus hardi qu'un enfant, à se manifester. La vie, la joie, l'ardeur qui se dégageaient de lui la charmèrent. Il avait beau la quitter des jours sans donner de ses nouvelles, elle ne lui faisait, à son retour, aucun reproche. Plus il se dépensait, plus elle l'aimait. Au début, elle le suivit dans ses randonnées, mais comme il arrivait presque toujours qu'ils se perdaient en cours de route et qu'elle était obligée de rentrer seule (la première fois, sans argent sur elle, elle avait dû télégraphier à Paris), elle refusa par la suite, chaque fois qu'il lui proposait une expédition, de l'accompagner. « Allez tout seul, disait-elle en souriant, non, je ne vous suivrai pas. Vous allez encore me perdre je ne sais où. » Et quand elle le revoyait poussiéreux, les cheveux emmêlés par le vent, le visage couperosé, elle était prise d'attendrissement.

Un an après le mariage, la petite Dinah naquit. On était en 1914. Tous deux habitaient un appartement proche de la place Pereire. Mais l'enfant ne refréna en rien le besoin de mouvement de Marc. Quand il la voyait, il la lançait en l'air, la rattrapait au vol ainsi qu'une balle, cependant que la mère le suppliait de cesser, puis dès que Dinah pleurait, il se sauvait.

À la déclaration de guerre, Marc, comme ses frères, fut mobilisé. Six mois après, il passait dans l'aviation. Édith ne vivait plus. Elle avait maigri. Ses journées, elle les employait à écrire à son mari. L'amour qu'elle avait pour lui était tel qu'elle répétait sans cesse à sa sœur Mary, chez qui elle s'était installée en l'absence des deux hommes, que, s'il lui arrivait quelque chose, elle se donnerait la mort.

Dans les premières semaines de 1916, les deux femmes apprirent coup sur coup que Marc avait été tué au cours d'un combat aérien et que Germain avait été fait prisonnier. Un mois après, M. Auriol père mourait subitement, chez lui, tout seul, entouré de quelques domestiques, Mme Auriol étant partie pour le Midi non sans avoir déclaré auparavant que, « lorsqu'on en avait les moyens, il était ridicule de rester à Paris où l'on courait tant de risques ».

Édith changea en quelques jours. Elle pleurait continuellement. Elle parlait toujours de se tuer en serrant contre elle sa petite fille. Des heures entières, elle restait devant une photographie d'amateur représentant Marc en manches de chemise, courbé en deux et riant aux éclats. Les années passèrent, Dinah grandit, mais la mère demeurait inconsolable. Elle avait reporté toute sa tendresse sur sa fille qu'elle fatiguait par des conversations interminables, obligeant l'enfant, qui eût préféré jouer, à rester des heures assise sur elle. Quant à Mary, elle n'avait qu'une préoccupation : envoyer des colis au camp de Darmstadt, où Germain était prisonnier, et savoir s'ils arrivaient à destination. Parfois, au cours d'une permission, un des frères rendait visite aux deux sœurs, mais comme à des étrangers, prévenant dès la porte qu'il était très pressé, refusant tout ce qu'on pouvait lui offrir de peur que cela ne prît du temps, se sauvant au bout d'une heure.

L'armistice vint enfin. Deux mois après, le 15 janvier 1919, un homme maigri, hagard, frappa à la porte de l'appartement des deux femmes. C'était Germain. Il avait tellement changé que Mary le regarda avec terreur. Ce ne fut qu'au bout de quelques secondes qu'elle se jeta dans ses bras. Il la serra contre lui sans l'embrasser et se laissa tomber sur une chaise. Cet homme qui avait été jeune, actif, heureux, n'était plus qu'une loque. En parlant, il répétait les mêmes mots, s'embrouillait, ne parvenait pas à finir ses phrases, balbutiait des monosyllabes et semblait affecté de zézaiement. Pendant sa captivité, il avait eu six maladies, parmi lesquelles la fièvre typhoïde, la dysenterie et une broncho-pneumonie dont il n'était pas encore remis. Ses doigts étaient sans chair. Mary et Édith voulurent le restaurer. Il ne pouvait manger. Dès qu'il absorbait quoi que ce fût, il le rendait. D'avoir été nourri pendant près de trois ans de rutabaga, de lard avarié, de pain de son, son estomac s'était peu à peu fermé, rétréci, si bien qu'à présent il ne supportait rien. Les deux femmes le couchèrent. À peine étendu, il fut pris d'un vertige. Il se mit à trembler. Une sueur qui faisait, sur son front, des gouttes aussi grosses que celles de pluie, l'inonda des pieds à la tête. Pendant trois ans, il avait tout supporté : le froid, la faim, les maladies, et, juste à la minute où il se retrouvait parmi les siens, ses forces l'abandonnaient.

Quelques mois plus tard, il y eut un léger mieux dans sa santé. Ses épaules étaient toujours voûtées. Quand il se levait le matin, il marchait un long moment courbé en deux. Ce n'était qu'au bout d'une demi-heure qu'il parvenait à se redresser. Mais l'appétit lui revenait, et, chaque jour, après le déjeuner, il sortait un peu. Les deux sœurs ne le quittaient pas. Édith, dans sa douleur, trouvait chaque jour des forces nouvelles à se dévouer. Mais Germain, en dépit de la tendresse et des soins dont il était entouré, demeurait taciturne. Il n'adressait presque jamais la parole à sa femme, lui répondait à peine lorsqu'elle lui posait une question. Quelquefois, il s'amusait avec la petite Dinah, mais il suffisait qu'une des deux sœurs parût pour qu'il cessât. Quoi que l'on fît pour lui, il était mécontent. Rien n'était bien. Tout était, selon lui, à l'abandon. Dans ses trois ans de captivité, il avait eu un besoin d'ordre extraordinaire. Dans les nuits sans sommeil de Darmstadt, il avait rêvé d'un bonheur dont la grandeur eût, en quelque sorte, motivé les souffrances qu'il endurait.

Un an après son retour, il paraissait physiquement rétabli. Il avait pris la direction de la maison de commerce de son père. Pour lui, plus rien ne comptait à présent que le travail et le gain. Il ne rentrait plus aux heures des repas et, chaque jour, devenait plus violent et plus exigeant. Des scènes commençaient à éclater entre les deux époux, à la suite desquelles Édith proposait toujours de partir, de louer un petit appartement et de vivre seule avec sa fille. Mais Mary, et Germain parfois, la retenait. Une semaine s'écoulait, puis une scène plus violente encore éclatait. On eût dit que Germain se vengeait sur les siens de ce qu'il avait enduré. Il n'avait plus aucun ami et ne voulait voir personne. Sa captivité l'avait rendu hargneux, susceptible et emporté. Bien qu'il pût vaquer à ses occupations, sa santé était loin d'être satisfaisante. Il ne s'en souciait pas. À sept heures du matin, il était déjà levé et, peu après, il gagnait son bureau, attentif seulement aux résultats de ses diverses spéculations. Il faut être heureux et bien portant pour gagner au jeu. Le franc baissait ; il achetait des francs. Les valeurs étrangères baissaient ; il achetait des valeurs étrangères. Une sorte de rage faisait qu'il ne pouvait supporter la moindre perte. Il s'entêtait. Il perdait davantage. Le soir, lorsqu'il rentrait, il accusait les deux sœurs d'être la cause de ses pertes. « Évidemment, cela vous est égal que je gagne ou que je perde. Si vous étiez moralement avec moi, si vous me souteniez de vos pensées, je gagnerais. »

Un soir, une scène, plus violente encore que toutes celles qui avaient précédé, éclata. Germain, à la suite d'une spéculation malheureuse, était hors de lui. Mary lui reprocha de jouer. Il n'en fallut pas davantage pour qu'il n'eût plus le contrôle de soi. Il avait tout perdu, sa jeunesse, sa santé, sa fortune et elle, cette femme qui lui reprochait de jouer, elle était intacte. Il s'approcha de Mary. Envahi soudain par une colère inouïe, il la frappa et, perdant presque la raison, se mit à crier, à courir dans l'appartement. Mary qui ne s'était pas défendue, qui avait accepté les coups comme une délivrance, pleurait. Édith serrait contre elle sa fillette, alors âgée de douze ans, qui, terrifiée, regardait la scène sans comprendre.

Quelques minutes s'écoulèrent durant lesquelles les deux sœurs redoutèrent elles ne savaient quelle horrible fin. Puis Germain tomba dans un état de prostration voisin de l'inconscience. Il s'était assis dans un fauteuil et ne bougeait plus. Sa femme, qui s'était ressaisie, appliqua sur son front une serviette mouillée. La fraîcheur ne le ranima pas. Elle le déshabilla et le couvrit chaudement. Comme le jour où il était arrivé, après trois ans de captivité, il se mit à trembler des pieds à la tête, à claquer des dents, à transpirer. Soudain il eut un sursaut si brusque que Mary, croyant qu'il allait la frapper de nouveau, poussa un cri strident.

Pendant ce temps, Édith avait gagné sa chambre et, comme une folle, avec une précipitation qui la retardait, elle jeta, pêle-mêle, tous ses effets dans sa malle. Le soir même elle couchait avec sa fille à l'hôtel. Dans les jours qui suivirent, elle se mit à la recherche d'un pavillon afin que Dinah, dont la santé fragile l'inquiétait, pût, sitôt levée, être à l'air. Finalement, elle retint celui de M. Dausset dont l'isolement lui plut.

Alors commença pour Édith une vie solitaire, parcimonieuse et sans joie. De temps en temps, elle rendait visite à sa sœur, qui lui donnait de l'argent, mais elle refusait toujours, malgré les supplications de Mary, de dîner ou de passer la nuit chez elle, tellement la dernière scène l'avait bouleversée et surtout parce qu'elle craignait que celle-ci ne se renouvelât justement le jour où elle s'attarderait. Quant à Germain, il ne changeait pas. Il s'était mis à fréquenter un club où il passait ses nuits avec l'espoir de gagner, tôt ou tard, une fortune en quelques heures. Il empruntait de l'argent un peu partout, écrivait toutes les semaines à sa mère des lettres suppliantes dans lesquelles il lui demandait de l'aide. Presque tout le personnel de la maison de commerce avait été remercié.

Édith, elle, ne vivait plus que pour son enfant. Dans ce pavillon humide, mais tout de même aéré, loin de tout ce qu'elle avait aimé, elle s'était, peu à peu, imposé une ligne de conduite. Elle se levait, chaque matin, à la même heure, faisait la toilette de Dinah et, pendant qu'elle mettait de l'ordre dans le pavillon, l'envoyait dans le jardin. Puis elle sortait faire le marché. Après le déjeuner, elle allait se promener avec sa fille. À sept heures elle la couchait. Elle lisait alors un peu, écrivait parfois à sa sœur, puis à son tour se mettait au lit. En dehors de Dinah, rien au monde ne l'intéressait. Elle lui apprenait à lire, entreprenait avec elle des patiences, lui cousait des poupées, confectionnait un guignol.

L'enfant avait déjà treize ans. C'était une fillette au regard triste, et craintive comme une bête battue. Pour un rien elle sursautait. Elle avait de grands yeux qu'elle posait sur les gens avec étonnement. Mais jamais elle ne riait ni même ne souriait. Il ne se passait surtout point de jour que sa mère n'essayât de l'égayer. Mais devant un geste ou une grimace drôle, elle restait sans comprendre avec, cependant, sur le visage, une expression attentive qui disait qu'elle cherchait à saisir, qui laissait deviner que si elle y fût parvenue, une lumière subite l'eût éclairée tout entière. Elle était mince, blonde et pâle. Le moindre parcours la fatiguait. Et cette fatigue n'était pas une lourde fatigue. C'était une fatigue légère et fiévreuse. Elle s'arrêtait. Rien d'autre ne signalait son mal. Rien, sur ses traits, ne semblait trahir un effort. Seulement ses lèvres étaient entrouvertes. Elle haletait imperceptiblement. Les veines qui couraient sous sa peau diaphane, de bleu clair devenaient sombres. La chair douce du cerne des yeux palpitait. Puis ce malaise passait, et elle se remettait à marcher au côté de sa mère. Elle avait des mains longues, sans poids, qui semblaient libres dans l'air où elles se mouvaient et dont les doigts s'écartaient ou se rapprochaient avec tant de grâce qu'on ne pouvait les quitter des yeux. Jamais elle n'élevait la voix, même en jouant. Le soir, aux moments de nervosité, une rougeur légère teintait ses joues. Elle parlait plus vite. Ses gestes étaient plus saccadés. Ses yeux, ses dents brillaient. Mais c'était tout.

Son regard ne changeait pas. Il demeurait triste et comme lointain.

Plusieurs fois déjà un médecin de Neuilly, le docteur Python, était venu la voir. Ses recommandations avaient toujours été les mêmes : une nourriture très abondante et le grand air.

Les mois passaient sans que la santé de Dinah s'améliorât. Jusqu'alors elle n'avait toussé que l'hiver. Or, au printemps 1927, cette toux, au lieu de disparaître, s'aggrava. L'enfant n'avait pas d'appétit. Édith lui préparait des sirops fortifiants, mais bientôt, quoiqu'ils fussent assez agréables au goût, elle ne voulut plus les boire. Elle avait continuellement soif, mais ne demandait que des fruits. Elle était devenue indifférente à tous les jeux. Pourtant, elle se passionnait de plus en plus pour les histoires que sa mère lui racontait. Cent fois par jour, peut-être, elle demandait à Édith de lui raconter une histoire. Elle se couchait alors, mettait une de ses mains dans celles de sa mère, et, les yeux levés au ciel, écoutait sans entendre, semblait-il. Mais si sa mère s'interrompait, aussitôt, comme si, avant même qu'Édith se fût arrêtée, elle l'avait deviné, elle disait : « Continue », sans remuer, les yeux toujours fixés au ciel. Lorsque l'histoire était achevée, elle ne sautait pas à bas du lit. Elle demeurait telle qu'elle avait été en l'écoutant, silencieuse, ne demandant aucune explication, vivant, peut-être plus qu'avec des êtres réels, en compagnie des personnages du conte.

À la fin, elle s'asseyait sur le lit. Alors le sang lui montait à la tête. Elle était si pâle ordinairement qu'elle semblait, à ce moment, non point congestionnée, mais bien portante. Puis une quinte de toux la secouait. À l'encontre des grandes personnes qu'une sorte de pudeur pousse à cacher leur mal, on eût dit qu'elle se complaisait à tousser. Mme Auriol ne pouvait l'entendre. Elle suppliait son enfant de cesser. Quand, finalement, la quinte était passée, le visage de Dinah demeurait plusieurs minutes encore tout autre. La bouche était contractée, les yeux humides, les joues comme isolées du visage par deux creux partant des narines. Le regard lui-même était différent. Il n'avait plus son expression habituelle. Ce n'était plus le regard triste de Dinah, mais celui d'un malade semblable à cent autres malades.

Quelques semaines après, Dinah ne se levait plus. Dans le jour, sa mère tirait le lit devant la fenêtre qu'elle laissait grande ouverte. À sa dernière visite, le docteur Python avait recommandé la montagne. Édith avait alors couru chez sa sœur pour lui demander l'argent nécessaire au voyage. Mais celle-ci était elle-même très gênée. Germain allait au club avec quelques francs en poche. Les domestiques avaient été congédiés. Tous les bijoux de Mary, Germain les avait vendus pour jouer. Ce n'était que grâce aux quelques centaines de francs qu'Édith parvenait quand même à obtenir de sa sœur qu'elle subsistait. « S'il pouvait seulement gagner un soir ! avait dit Mary, je te donnerais ce dont tu as besoin. Tu iras avec Dinah en Suisse. » Un soir, pourtant, le vœu de Mary s'était réalisé. Germain était rentré transfiguré, avec dix-sept mille francs qu'il avait gagnés dans la nuit. Mary l'avait alors supplié de les lui donner pour Édith. « Demain… demain… je t'en donnerai trente mille… attends jusqu'à demain, avait-il répondu. – Mais tu vas tout reperdre. – Je te dis que non. Est-ce que tu as confiance en moi, oui ou non ? » Le lendemain il reperdit tout. Un autre soir, comme Édith, désespérée, était venue l'implorer, elle lui apprit qu'à la fin de l'été ou au plus tard au milieu de l'automne, la mère de Germain avancerait deux ou trois cent mille francs à son fils. Il serait encore temps, à ce moment, d'envoyer Dinah à la montagne.

Au cours de l'été, l'état de l'enfant empira. Il fallait lui faire des piqûres. Le matin elle s'éveillait avec de la fièvre. Comme il n'y avait pas possibilité de la peser, on ne pouvait suivre la marche du traitement. Édith la forçait presque à manger, tellement le docteur Python avait recommandé qu'elle se suralimentât. Mais toujours couchée dans une atmosphère étouffante, l'enfant n'avait aucun appétit et absorbait les aliments à contrecœur, si bien que par la suite elle ne put ni voir ni sentir quelque aliment sans se trouver mal. Son visage n'avait pas changé, mais aux épaules on apercevait qu'elle avait maigri. Les clavicules étaient saillantes et le cou semblait plus long. Ses bras, jusqu'aux épaules, étaient aussi minces que le poignet. Pourtant, vers cinq heures de l'après-midi, une sorte de surexcitation succédait à la torpeur et à l'abattement de la journée. Elle demandait ses poupées, leur tenait un langage touchant. Elle était la mère et ces dernières, malades, devaient obéir sagement. Elle s'adressait à elles exactement dans les termes qu'employait Édith à son égard. Mais, bien vite, elle était lasse. Subitement, au moment même où elle les forçait à manger ou leur racontait une histoire pour les endormir, elle les abandonnait, se renversait en arrière et, fixement, regardait le ciel par la fenêtre ouverte. « Tu les laisses comme cela, toutes seules ? » demandait Édith. Elle ne répondait pas. Son front était moite, ses yeux fiévreux. Au bout d'un moment, sans remuer ses longs bras, elle tournait la tête vers sa mère. Son expression était alors si triste que Mme Auriol devait se faire violence pour ne pas pleurer. Cette expression ne demandait pas de secours, ni pourquoi on l'obligeait à rester couchée. C'était un regard plein de résignation qui se posait dans celui d'Édith, un regard d'une faiblesse et d'une innocence que l'on ne pouvait supporter. L'été touchait à sa fin. Le docteur

Python, qui avait deviné la gêne de Mme Auriol, ne cessait pourtant de répéter que Dinah ne pouvait être sauvée qu'à la condition de l'envoyer le plus tôt possible en Suisse. Affolée, Édith se rendit une nouvelle fois chez sa sœur Mary, avec l'espoir que Germain serait en possession des deux cent mille francs. Il était cinq heures de l'après-midi. Elle sonna. Au bout d'un moment, Mary vint lui ouvrir. Cette dernière était méconnaissable. Elle avait sans doute pleuré toute la journée. Ses yeux étaient rouges, son teint d'une pâleur de mort. À la vue de sa sœur, elle balbutia :

– Entre… entre vite… je ne sais plus où je suis, où je vais, ce que je deviens.

Édith la suivit au salon. Celui-ci était à demi vide. Le piano n'était plus là. Des rideaux traînaient à terre. À la place des fauteuils, il y avait trois chaises de la salle à manger.

– Qu'est-ce qui est arrivé ? demanda Édith pressentant quelque malheur.

Mary la regarda, parut réfléchir un instant.

– Germain a reçu les deux cent mille francs, dit-elle d'un trait. Il les perd en ce moment. Il les perd chaque jour. Il a divisé cette somme en dix parts égales. Il y a six jours qu'il joue. Il a perdu cent vingt mille francs. Ce soir il en perdra encore vingt mille. Dans trois jours, il n'aura plus rien. Je l'ai supplié pour toi. Il est comme un fou. Il n'entend pas. Il veut gagner. Tu m'entends ? Il veut gagner. Il le veut. Il n'y a rien à faire. Il le veut. Reste, attends-le. Peut-être pourras-tu le fléchir.

Il y avait une heure qu'Édith causait avec sa sœur, lorsque Germain entra dans le salon. Il était très calme, mais pâle. On eût dit qu'après avoir longtemps hésité il venait, en prenant une décision, de libérer son esprit et qu'il savourait la paix retrouvée bien qu'il continuât d'être, au fond de lui-même, partagé, comme avant, entre deux projets. Il prononça quelques mots sans importance et, après avoir jeté un regard indifférent sur le salon à demi vide, s'assit sur le premier siège venu, avec ce même mépris du confort que l'on a dans une salle d'attente quelconque. – Tu es venue nous rendre une petite visite, dit-il à Édith.

Puis se retournant vers sa femme, il répéta :

– Elle est venue nous rendre une petite visite.

Quoiqu'il fût bien las, ce fut avec une pointe d'humour qu'il prononça ces derniers mots. Brusquement, il se leva.

– Je ne sais pas pourquoi je suis rentré. Je n'ai rien à faire ici. Au revoir.

– Une minute, écoute, dit précipitamment sa femme, Édith a à te parler. Il s'agit de Dinah.

– Je n'ai pas le temps, répondit-il, avec une lassitude subite. Je sais ce qu'il en est, mais vraiment je ne peux rien faire aujourd'hui. Tu ne comprends donc pas, Édith, que la situation est désespérée, que je n'ai pas d'argent.

Il continua sur un ton larmoyant, cherchant à inspirer de la pitié.

– Évidemment je voudrais faire quelque chose. Mais quoi. Tout ce qui a de la valeur ici, je l'ai vendu. À peine si ta sœur et moi, nous pouvons vivre. Reviens dans trois ou quatre jours. J'attends quelque chose. Si cela réussit, je te jure que je te donnerai tout ce dont tu as besoin.

Germain cachait qu'il avait reçu deux cent mille francs de sa mère, avec inconscience, car s'il avait été seulement en possession d'une parcelle de sa raison, il eût dû comprendre que sa femme avait mis Édith au courant.

Celle-ci regarda sa sœur pour lui demander ce qu'il fallait faire. Mary lui fit comprendre qu'il valait mieux se taire. Cette inconscience de son mari lui avait subitement causé une grande frayeur. Il lui était apparu que l'homme qui était capable de jouer aussi bêtement la comédie était, sans aucun doute, capable, une fois découvert, des pires violences. Elle prit la parole.

– Édith reviendra demain, si tu veux.

– Si elle veut, qu'elle vienne. Mais cela dépendra. Je ne sais pas. Je ne peux rien promettre.

Un remords obscur faisait qu'il ne voulait pas avouer qu'il jouait, alors que, quelques mois auparavant, il ne s'en était pas caché. Il voulait garder ce qu'il appelait son « capital de jeu » intact, se réservant, s'il gagnait, de venir en aide à Édith. C'était pourquoi il lui laissait quelque espoir, plein d'espoir qu'il était, lui aussi, sans chercher même à expliquer comment il pouvait se faire que le lendemain il aurait de l'argent. Peu lui importait que tout ce qu'il disait trahît sa passion du moment qu'on ne l'entravait en rien.

Le lendemain, Édith revint, mais Germain ne parut pas de la journée à la maison. Trois jours après, seulement, elle parvint à le rencontrer. Il était assis dans le salon et sanglotait.

– Il a tout perdu, dit Mary à l'oreille de sa sœur.

En entendant du bruit, il leva la tête et reconnut Édith.

– Je n'ai rien, plus rien. Je ne peux pas t'aider, ma pauvre. Qu'est-ce que tu veux que je fasse ? Je t'en supplie, dis-le-moi. J'ai tout perdu… tout… tout…

Ses mensonges passés lui semblaient si naturels qu'il n'éprouvait aucune gêne à dire la vérité. Il avouait qu'il avait perdu deux cent mille francs avec la même inconscience que si toute la terre avait assisté à cette perte. Il ne lui venait même pas à l'idée qu'on pût le lui reprocher, ni lui en vouloir d'avoir caché cet argent pour jouer.

En rentrant chez elle, Édith trouva Dinah plus mal. L'enfant était allongée sur le lit, les yeux ouverts, un bras en dehors du lit. Elle était en nage, mais l'instinct ne lui commandait même plus de se rafraîchir. Ses lèvres étaient sèches. À côté d'elle, sur une petite table, il y avait une bouteille de limonade à laquelle elle n'avait pas touché. Le vent avait poussé les battants de la fenêtre. Elle ne s'était pas levée pour les tirer. D'habitude, quand sa mère revenait, même après une absence de quelques minutes, une expression heureuse se peignait sur ses traits. Cette fois elle ne tourna même pas la tête.

– Te sens-tu mal ? demanda Édith prise de frayeur.

Elle ne répondit pas. Tout à coup elle se mit à tousser. Alors seulement elle reprit vie. Elle s'assit sur son lit, porta un mouchoir à ses lèvres. La toux reprit. On eût dit qu'elle était bien portante à côté de tout à l'heure. Quand la quinte fut passée, elle s'allongea de nouveau sur le dos.

– Veux-tu que je t'apporte tes poupées ?

Elle acquiesça de la tête, mais, lorsque sa mère les posa sur le lit, elle ne les toucha pas.

Ce fut à ce moment que Mme Auriol, désemparée, ne sachant plus vers qui se tourner pour demander du secours, prit la décision de se rendre chez Jean Michelez qu'elle connaissait de vue depuis un an et qui lui était apparu comme un homme sympathique. Il était six heures. Jusqu'à neuf heures, elle lutta avec elle-même, tellement il lui répugnait d'aller implorer un inconnu. La délicatesse et la fierté d'Édith l'avaient toujours, au cours de sa vie, éloignée du monde. Elle craignait, pardessus tout, de paraître indiscrète ou de froisser autrui sans le vouloir. À la pensée qu'elle avait pu s'attarder un peu trop chez quelqu'un, qu'on en avait fait la remarque après son départ, elle ne dormait pas. Et si l'on eût manqué de cette même délicatesse à son égard, elle eût été incapable d'en faire l'observation, mettant tout sur son compte, s'accusant de trop de susceptibilité. À qui les lui eût demandés, elle eût jadis donné ses biens, sa maison, son temps. Un refus, pour elle, était quelque chose d'inconcevable. Elle ne pouvait refuser. Le refus était à ses yeux, laid, sombre, honteux, même si la demande dépassait ce qu'il est normal de demander. Lorsqu'elle pénétra dans le salon des Michelez, elle fut prise d'un vertige. Le souvenir de sa fille seul l'empêcha de tomber. Elle sourit sans savoir qu'elle souriait. L'entrepreneur, comme ces gens qui n'ont jamais fait de mal à personne ni commis la moindre indélicatesse de leur vie, qui n'ont jamais demandé un service, qui ne doivent rien nulle part, qui ont la conscience tranquille, attendait, fort, certain d'avoir le beau rôle. Antoinette, elle, pensait à son salon, cherchait à deviner, en regardant la visiteuse, ce que pouvait être celui de cette dernière. Édith fit quelques pas. Comme elle ne parlait pas, Jean Michelez lui dit :

– Qu'est-ce qui nous vaut le plaisir de vous recevoir à pareille heure ? opposant « pareille heure » à « plaisir », ce dont il était très fier.

Mme Auriol ne répondit pas. Il venait de lui apparaître que la demande qu'elle se proposait de faire dépassait les choses admises, que ce qu'elle osait était aussi grave qu'un vol, qu'il allait se passer une scène effrayante qu'elle ne pouvait prévoir. Il lui semblait qu'elle était prise en flagrant délit de quelque chose, que, comme dans les rêves, elle était incapable de se défendre et qu'il était trop tard pour reculer. Il fallait dire n'importe quoi, mais il fallait parler.

– Je suis confuse, toute confuse, monsieur, madame, de vous déranger ainsi, mais mon enfant est gravement malade. J'ai peur. Je ne sais plus que faire. Toute seule avec ma fille, je ne vis plus. Mon Dieu… mon Dieu… Que faut-il que je fasse ?

Venue pour demander une aide matérielle, elle n'avait pas eu le courage, en face des époux Michelez, de faire la moindre allusion à ce sujet.

– Qu'a-t-elle, votre fille ? demanda Antoinette.

Édith mit sa main sur sa poitrine, resta un instant silencieuse, puis dit :

– Elle tousse… Elle est gravement malade… je ne sais pas que faire… Sauvez-la, vous ; peut-être pouvez-vous quelque chose.

– Mais nous ne sommes pas médecins, fit Jean Michelez.

– C'est vrai… excusez-moi… je ne sais plus ce que je dis, ce que je fais. Depuis trois mois, je vis un véritable cauchemar.

En parlant, Édith s'énervait peu à peu. Comme un accusé, elle regardait le sol, n'osant lever les yeux ; mais, sur le sol, il y avait l'image de sa fille. Elle raconta sa vie, la mort de Marc, la détresse de sa sœur sans pourtant, par pudeur, faire la moindre allusion à sa propre détresse.

Soudain, elle se redressa, leva la tête fièrement, regarda Jean Michelez dans les yeux.

– Excusez-moi. Je suis, pour vous, une étrangère. Je ne sais pas pourquoi je suis venue vous déranger ainsi. Je vais retourner chez moi.

– Oh ! mais c'est très naturel, madame, fit l'entrepreneur.

Quoique Mme Auriol n'eût point parlé d'elle, il avait démêlé les motifs de cette visite. Aussi, en l'entendant prendre congé, avait-il ressenti un profond soulagement.

– Il est des moments dans la vie, ajouta-t-il, où l'on a besoin de se sentir entouré. Je comprends cela très bien. Vous êtes seule près de votre fille. C'est pour vous un réconfort de parler ; cela vous soulage.

Antoinette qui n'avait pas, comme son mari, deviné la situation de Mme Auriol, ajouta :

– D'ailleurs si vous avez besoin de quelque chose, la nuit, vous n'avez qu'à nous appeler. Nous enverrons notre bonne. On ne sait jamais.

Édith s'était dirigée vers la porte. Lorsque celle-ci fut ouverte, à la vue de la nuit, des arbres, des étoiles, elle fut soudain prise de frayeur. « Ma fille va mourir à cause de moi, sa mère, parce que je n'ai pas eu de courage, parce que je n'ose pas demander de l'aide. »

Elle se retourna. Jean Michelez avait déjà allumé l'ampoule de la terrasse. Antoinette s'était levée, et, au milieu du salon, avait cette mine des gens qui, attendant qu'on se retourne pour les saluer, craignent de manquer ce salut.

– Écoutez-moi, monsieur, dit Édith, les traits tendus par la volonté de ne pas faiblir, pouvez-vous me donner une aide immédiate ? Je suis folle de vous demander cela, mais il le faut. Le grand air, la montagne seule, sauveront ma fille. Le docteur me l'a dit et je le sais. Cet argent, monsieur, vous avez ma parole que je vous le rendrai. Je travaillerai. S'il faut passer ma vie à vous rembourser, je la passerai. Ayez pitié de moi, monsieur.

– Mais, madame…, fit Antoinette.

– Vous avez aussi des enfants, madame, continua Édith qui, tout à coup, s'était figurée que seule Antoinette s'opposerait à la secourir, imaginez-vous une seconde qu'ils soient malades et que vous n'ayez pas les moyens de les soigner. Vous feriez ce que je fais. Vous…

– Ne parle pas, Antoinette, je t'en prie, fit l'entrepreneur. Laisse finir madame.

Cette interruption glaça Édith. Elle voulut continuer, mais ne trouva plus ses mots. Comme si eux seuls eussent pu la défendre, elle eut alors l'impression qu'elle était à la merci de ce couple, qu'on allait lui demander de quel droit elle se permettait de venir ainsi chez des étrangers, qu'on allait la séparer de sa fille. Elle poussa un cri, vit Jean Michelez faire un signe à sa femme, et s'évanouit.

Quand elle revint à elle, elle était à demi allongée sur le sofa du salon. Antoinette n'était plus là. Jean Michelez tenait une serviette à la main et la regardait.

– Allons, allons… madame, dit-il, ne vous faites pas de mauvais sang comme cela. Tout n'est pas perdu tout de même. Vous avez assez d'expérience pour savoir que les pires choses s'arrangent. Est-elle donc si malade que cela votre fille ? Il y a quelques semaines, elle jouait encore dans le jardin. Comme toutes les mères, vous êtes trop sensible. Attendons un petit peu. Nous verrons. Si vraiment l'état de votre fille l'exige, eh bien, il faudra aviser. Mais d'abord, il faut attendre. Nous parlerons au docteur, nous verrons ce qu'il dira, nous examinerons ce que nous devons faire. Et vous verrez que tout se passera pour le mieux.

Édith s'était levée. À ce moment, entra Mme Michelez.

– Cela va mieux ? Demanda-t-elle.

– Je te dis de laisser madame, fit encore l'entrepreneur.

– Pourquoi ? Je suis libre de parler à madame autant que toi !

Et se tournant vers Édith, elle l'interrogea avec douceur :

– Avez-vous seulement bien demandé à toutes vos relations ? Vous n'êtes pas seule au monde. Personne n'est seul au monde.

– Je ne sais pas… je ne sais pas…, balbutia Édith.

– Je te dis de la laisser, continua Jean Michelez.

Mme Auriol s'était dirigée tout doucement vers la porte.

– Vous ne pouvez sans doute pas ? implora-t-elle, alors qu'elle se trouvait déjà sur la terrasse.

Jean Michelez regarda sa femme. Celle-ci baissa les yeux pour n'avoir aucune part dans la réponse que son mari allait faire.

– Je vous ai dit, madame, que nous allions voir. Attendez. Ne soyez donc pas si impatiente !

La lune s'était cachée. Édith suivit à tâtons le petit sentier qui conduisait au pavillon. C'était d'une étuve qu'il lui semblait sortir. Elle respirait à pleins poumons l'air frais de la nuit. « Demain, j'écrirai à ce monsieur une lettre d'excuses. C'est honteux et ridicule ce que j'ai fait là. Comment ai-je pu oser cela, je me le demande, comment ? Je suis folle. Ces braves gens l'ont bien deviné. Ah ! vraiment, que faire, que faire ? » Elle ouvrit la porte du pavillon. Dinah, adossée à l'oreiller, était éveillée. Elle regardait fixement la lumière et ne sourcilla même pas à l'approche de sa mère.

– Alors, Dinah, tu ne dors pas ? Elle fit « non » de la tête.

– Ce n'est pas sage. Je t'avais bien recommandé de dormir pour devenir une grande fille. Mme Auriol souriait à son enfant. Elle s'assit sur le bord du lit, lui prit les mains. Puis, brusquement, elle serra Dinah contre elle et la couvrit de baisers. Lorsque sa femme fut montée se coucher, Jean Michelez se rendit dans son bureau, l'arpenta durant quelques minutes, puis s'accouda à la fenêtre. À travers les feuillages déjà morts et plus opaques, on apercevait la maisonnette de Mme Auriol. Une lumière brillait à une fenêtre. Dans la nuit elle semblait une étoile, et les gens qu'elle devait éclairer lui parurent aussi lointains que ceux qui eussent pu habiter une planète. Il revint au milieu de la pièce, puis, au bout d'un instant, retourna machinalement à la croisée. Jean Michelez réfléchissait à ce qui venait de se passer. « Et moi, murmura-t-il, si j'étais malade, si je n'avais rien, est-ce qu'elle viendrait, elle, cette dame, me secourir, est-ce qu'elle s'intéresserait à moi ? C'est vrai que, comme dit Antoinette, je suis un homme et ce n'est pas à une femme de m'aider. Oui, mais si j'étais sans défense, seul, sans moyen d'existence ! Non, elle ne viendrait pas. Elle ne viendrait pas, j'en suis certain. Si je la suppliais, elle me répondrait qu'elle ne me connaît pas. Moi, chaque fois que j'ai rendu un service à quelqu'un, qu'est-ce qui est arrivé ! On s'est moqué de moi. Sans qu'il soit question de reconnaissance, on ne m'a même pas remercié. Aujourd'hui, j'ai quarante-sept ans. Si je regarde en arrière, je ne trouve pas un jour de bonheur. Si j'ai une situation, c'est grâce à mon père. Sans lui, que serais-je ? Qui m'aurait tendu la main ? Personne, personne. Chaque fois que j'ai aimé, on s'est détourné de moi. Et on voudrait, aujourd'hui, que j'oublie tout cela, que je donne cet argent que j'ai gagné, malgré tout le monde ; on voudrait que j'agisse comme un homme qui a été heureux toute sa vie, à qui tout a souri. Mais, sait-on que même cet homme ne ferait pas ce que l'on demande ? Et on voudrait que je sois généreux, désintéressé ! Non… Non. On ne l'a pas été avec moi, je ne le serai pas avec autrui. Je ne demande rien à personne. Personne n'a le droit de me demander quelque chose. Qu'on me laisse en paix. Je ne trouble pas la tranquillité des autres. » Ces réflexions n'amenaient pourtant point le calme que recherchait Jean Michelez. Mme

Auriol, jusqu'à ce jour, lui avait été sympathique. Il s'était souvent demandé quelle avait bien pu être sa vie. De la voir toujours seule, il en avait déduit qu'elle avait dû avoir des ennuis, des chagrins. Et cette supposition le rapprochait d'elle. Sa distinction, sa fierté, sa réserve, il l'opposait au sans-gêne des autres voisins. Dans son esprit de petit-bourgeois, il existait quelque part comme une tribu où les mœurs étaient raffinées, où régnait la délicatesse et dont il s'imaginait être un membre fourvoyé. Certainement, cette jeune femme appartenait à cette tribu mystérieuse. Mais, à présent, malgré toute la sincérité de sa détresse, toute la pudeur de Mme Auriol, il lui apparaissait qu'elle n'en faisait plus partie. D'un seul coup, elle était tombée au rang de toutes les femmes. Le fait de lui avoir demandé un secours l'enlaidissait. Du jour au lendemain, il avait perdu toute considération pour elle. Il sentait qu'il n'éprouverait, à présent, aucune gêne à refuser. La question amour-propre était éliminée. Le devoir seul restait et peut-être aussi une sorte de sentiment qui lui dictait de sortir de lui-même afin de mieux comprendre cependant que d'autre part un obscur instinct lui commandait de rester sur la défensive. Trop de fois, il avait été berné pour qu'il fît quoi que ce fut spontanément. Il réfléchissait pourtant, mais avec cette impression de sécurité que l'on éprouve quand la décision prise doit vous conduire à un amoindrissement matériel pour une augmentation morale. Il avait le temps de remettre au lendemain. Rien ne pressait. Il semblait que le conflit, du seul fait d'exister en lui, créait une sorte de trêve durant laquelle il était à l'abri de toutes les colères. Il continuait de posséder mais, malgré tout, le sacrifice était comme fait. Le lendemain matin, Jean Michelez ne put résister à la curiosité d'aller chez Mme Auriol. Bien qu'il n'eût pris aucune décision en ce qui concernait la demande et qu'il était loin d'y accéder, il lui apparaissait, du seul fait qu'on était venu le solliciter, qu'il n'avait plus à se gêner.

– Tu ne vas pas aller chez elle, fit Antoinette. Elle prendra ta visite pour une acceptation. Tu t'engages un peu trop. Après, tu ne pourras plus reculer.

– Pas du tout. Je vais pour voir. J'ai le droit, quand on me demande de l'argent, de savoir ce qu'il en est exactement.

Le ciel était couvert. Un vent frais s'était levé. Les premières feuilles mortes commençaient à tomber, avec une fantaisie de fétu pris dans un tourbillon. Il se dirigea vers la petite maison. Au matin, à la lumière du jour, tout prenait une signification plus nette. Et c'était un peu parce qu'il devinait confusément que Mme Auriol allait être, maintenant, honteuse de son audace, qu'elle se rendait compte qu'elle n'avait pas respecté les convenances, qu'il faisait cette démarche ; sans s'en douter, il allait chercher des excuses. Elle s'excuserait certainement : « Oh ! ne m'en veuillez pas, monsieur Michelez. J'étais tellement nerveuse hier soir que j'ai pris la liberté de venir chez vous. Pardonnez-moi. D'ailleurs, tout va s'arranger, je vais écrire à des amis, à des parents. » Il attendait cela. Une femme aussi distinguée que Mme Auriol ne pouvait que tenir ce langage.

Les volets du pavillon étaient ouverts. Il frappa et entra. Tout de suite il fut surpris par l'étrangeté de l'ameublement. Il n'y avait, pour ainsi dire, que des étoffes. Sur un divan, dont les draps pendaient jusqu'à terre, Dinah était allongée. Au milieu de la pièce se trouvait une petite table de bois blanc. Les seuls sièges étaient un banc de jardin et deux fauteuils d'osier. Dans un coin, une caisse recouverte d'une étoffe donnait l'illusion d'un meuble. Des pots de terre orange et bleu, quelques fleurs, une carpette, égayaient par leurs couleurs la pièce. Mais, encadrant cet ameublement mi-bohème, mi-artiste, un papier tenture, aussi démodé que les maillots de bain d'avant-guerre, sur lesquels étaient peintes, parallèles et verticales, des raies jaunâtres et blanches.

À peine entré, l'entrepreneur s'assit et fit sur un ton bon enfant :

– Qu'est-ce qui est donc arrivé hier soir, madame ? Vous m'aviez l'air bien troublée.

Édith avait revêtu, à la hâte, une robe de chambre.

– J'allais vous écrire, répondit-elle.

– Pour me dire quoi ?

– Pour m'excuser, monsieur. Je me suis très mal conduite, hier soir. C'est pour Dinah, ajouta-t-elle en la désignant et en oubliant sur-le-champ ses paroles pour regarder avec tendresse sa fille.

L'enfant s'était assise sur son lit et, comme celui-ci ne se trouvait contre le mur que dans sa largeur, elle ne pouvait s'adosser. Jean Michelez remarqua alors que le dos de la fillette était voûté au point de former un demi-cercle. Elle le regarda et comme, au même moment, il venait de poser ses yeux sur elle, elle rougit, tourna la tête, baissa les paupières.

– Cela ne va donc pas ma petite ? demanda-t-il à l'enfant. Je te fais peur.

Dinah leva et baissa les yeux à plusieurs reprises, mais sans bouger la tête, et rougit plus encore.

– Je ne te ferai pas de mal.

Sa poitrine se soulevait. On devinait que la présence de cet homme était pour elle un événement extraordinaire. Sa gorge se contractait. Par moments, ses doigts tremblaient quelques secondes. Mme Auriol s'approcha d'elle, s'assit à son côté, la prit par la taille pour l'obliger à se redresser.

– Allons, Dinah, fît-elle, répond, à monsieur, qui est très gentil.

Alors elle se jeta contre sa mère. Au bout d'un moment, elle osa enfin un coup d'œil.

– Je n'ai pas l'air si méchant !

– Oh ! ne vous formalisez pas, monsieur. C'est une petite sauvage.

– Je comprends… je comprends… Mais elle ne doit pas avoir beaucoup d'amies avec un tel caractère.

Mme Auriol n'écoutait pas l'entrepreneur. Elle s'efforçait de faire sourire son enfant. Mais plus elle insistait, plus l'enfant s'énervait. Soudain, Dinah cacha complètement son visage dans la poitrine de sa mère, cependant qu'une de ses mains, ce qui montrait que ce n'était pas une peur semblable à celle d'un accident qui la bouleversait, pendait au-dehors, libre, pouvant être prise et non repliée sur le corps.

Jean Michelez, sous sa bonhomie, était un peu gêné. Comme beaucoup de timides, il suffisait qu'il se trouvât, lui, d'ordinaire à l'aise en toutes circonstances, en présence de quelqu'un que sa présence embarrassait, pour que le fond de sa nature reparût. Mme Auriol ne savait quoi lui dire, et, pourtant, elle voulait être aimable. Il le sentait. En outre, il venait de lui apparaître que cette mère et sa fille avaient une vie qui leur était propre, dans laquelle il s'introduisait sans grande raison puisqu'il savait très bien qu'il ne leur viendrait jamais en aide.

Il s'entretenait avec Mme Auriol lorsqu'il entendit sa femme qui l'appelait de la villa :

– Jean… Jean… M. Dausset est là. Il veut te parler.

L'entrepreneur se leva et, après s'être excusé, se hâta vers la propriété.

– Eh bien, qu'est-ce qu'il se passe ? demanda Dausset immédiatement. Mme Michelez lui avait tout raconté et cette histoire le troublait plus qu'il ne voulait le laisser paraître, car Mme Auriol était sa locataire. On pouvait lui faire des reproches. Il s'imaginait être en partie responsable de cette histoire. On pouvait lui dire : « Vous logez du beau monde. Vous prenez donc n'importe qui chez vous ? Vous acceptez les gens sans prendre de renseignements ? »

– Qu'est-ce qui est donc arrivé ? Mme Michelez m'a raconté. Mais c'est incroyable. Rien ne m'aurait laissé supposer une pareille chose. Mais que s'est-il donc passé exactement ? Ah ! ce monde d'après guerre ; il est propre. Dans cette affaire, c'est encore moi qui vais être le plus ennuyé.

C'est une manie des gens de petit esprit de craindre continuellement que leurs actes les plus insignifiants aient de graves conséquences. Ont-ils recommandé par hasard une bonne qui boit, qu'ils se sentent directement compromis. L'indemnité est leur phobie.

M. Dausset ne savait plus où se mettre. L'entrepreneur, qui le remarqua, lui dit :

– Vous pouvez être content de vous ! Vous m'en avez joué une bien bonne. À cause de vous, je suis dans une situation bien embarrassante. Dites-moi ce qu'il faut faire maintenant. Je vous écoute.

Le propriétaire réfléchit un moment, puis répondit :

– C'est bien simple. Je vais leur donner congé. Ils partiront à la fin du mois.

Alors que, pour lui, un congé était une affaire d'État, qu'il eût plutôt traîné son propriétaire en justice que de quitter un appartement contre son gré, il trouvait tout à fait naturel, en ce qui concernait les « gens d'aujourd'hui », de ne prendre aucune précaution.

– Ça, vous ne pouvez pas le faire, monsieur Dausset, fit Antoinette.

– Je peux toujours faire ce qu'il me plaît, mais je veux dire, continua le propriétaire, que je les chasserai s'ils ne règlent pas leur loyer, ce qui me paraît devoir devenir le cas. Je n'ai pas à entrer dans des considérations de maladie, de mort, de mariage, de divorce. Tout cela ne me regarde pas. Et il y a autre chose. Qu'ils fassent ce qu'ils veulent chez eux, je n'y verrai pas d'inconvénients, du moment, bien entendu, qu'ils ne se livrent à aucune dégradation. Mais qu'ils s'avisent d'aller trouver les voisins, ça non. Pour quoi je passe, moi ? J'ai l'air de les encourager en dessous, de fermer les yeux, d'être leur complice, de partager même avec eux si l'affaire réussit.

– Nous sommes d'accord sur ce point, Dausset. Mais tout de même il ne faut pas perdre de vue que la petite est gravement atteinte.

Jean Michelez, sans s'en apercevoir, défendait maintenant la mère et l'enfant, de façon à faire quelque chose pour elles qui ne lui coûtât rien.

– D'ailleurs, qu'est-ce qui vous prouve qu'elle est réellement malade, cette petite ? Tout cela, c'est peut-être une comédie pour vous attendrir.

Dausset avait bien appuyé sur les deux « vous » de manière à faire comprendre qu'on ne lui avait rien demandé et que cette affaire ne le regardait pas.

– On va bien le savoir, fit Antoinette. Voilà justement le docteur Python qui se rend au pavillon. Vous n'avez qu'à y aller dans un instant, messieurs.

– Et même si elle est malade, continua M. Dausset, vous n'y pouvez rien, Michelez. Je vous assure que, si vous commencez à venir en aide à ces gens, on frappera tous les jours chez vous. Et ne croyez pas que ce seront des farceurs. Ils seront tous sincères. Ils seront tous malheureux. Ils auront tous mille raisons valables de vous attendrir. Essayez, tenez. Vous allez voir. Je ne demande que cela. Après, vous viendrez me trouver et vous me direz : « Ah ! si je vous avais écouté. » Vous me le direz, je vous l'assure.

Jean Michelez était profondément écœuré par les paroles de Dausset. Cet égoïsme le déconcertait. Il ne lui venait naturellement pas à l'idée d'aider Mme Auriol, mais il croyait que c'était pour des raisons toutes différentes. Cet éternel raisonnement : « Si c'était moi qui fusse malade, qui eusse besoin de quelqu'un, qui s'occuperait de moi ? Personne. Pourquoi donc viendrais-je au secours de ces mêmes gens qui, les rôles renversés, ne tourneraient même pas la tête de mon côté ? » dictait son attitude. Cette dernière lui semblait donc juste, alors que celle de Dausset, quelle bassesse, quels obscurs sentiments de jalousie, de vengeance, la commandaient !

Mais il y avait, dans le cas de Mme Auriol, un point qui gênait, quoi qu'il fît pour ne pas le voir, la conscience de Jean Michelez. C'est qu'il avait vaguement l'intuition de se trouver en face de la femme qui, les rôles justement renversés, ne l'eût point abandonné, en face de la femme qui, à la place de tous les gens qui l'avaient fait souffrir, l'eût rendu heureux. Il avait cette intuition, mais il avait également peur de se tromper. Denise ne lui avait-elle pas donné la même impression ? Et Schiebelhut ? Et son jeune frère ? Ah ! s'il s'était agi de Dausset, comme tout eût été simple ! Avec quelle passion eût-il même souhaité qu'il s'enlisât davantage ?

– Allons, mon vieux, qu'allez-vous faire ? demanda Dausset.

– Eh bien, il n'y a pas grand-chose à faire, qu'est-ce que vous voulez. Il faut attendre. On va voir. Vous, de votre côté, vous devriez leur remonter un peu le moral, aller les voir, leur laisser entendre que vous n'exigerez pas le loyer à date fixe, enfin les ranimer, leur donner un peu d'espoir.

– C'est très bien, ce que vous dites là, mon cher, mais cela m'étonne que, depuis le temps que vous me connaissez, vous ne sachiez pas que le capital pour moi est intangible. Et si je veux que mon capital demeure intact, il faut que mes rentrées se fassent au doigt et à l'œil. Vous me comprenez certainement. Tenez, je vais vous attraper. Sacrifiez donc les bénéfices que vous tirez de la construction du chalet d'Auteuil, vous savez, le chalet d'Hannotelle. C'est très simple. Vous n'avez qu'à vous imaginer que ce M. Hannotelle n'est jamais venu commander un chalet, bien mieux, qu'il n'existe pas. Puisque c'est par hasard que ce M. Hannotelle s'est adressé à vous, au fond vous ne perdez rien. N'est-ce pas ? Hein, comme c'est agréable ! Vous êtes content maintenant. Vous avez vos revenus habituels. De quoi vous plaignez-vous ?

Jean Michelez ne répondit pas. Ce fut sa femme qui prit la parole.

– Pardon. Avec les frais que nous avons faits depuis, le garage, l'auto, nous ne pourrions nous priver de ces bénéfices. D'ailleurs si vous raisonnez comme cela, monsieur Dausset, on peut dire que toutes les affaires sont dues au hasard. Un client peut aussi bien s'adresser à une maison concurrente qu'à mon mari.

À ce moment les deux hommes aperçurent le docteur Python qui sortait du pavillon, accompagné de Mme Auriol. Ils s'en furent aussitôt à sa rencontre.

Le médecin, à la vue de Jean Michelez et de Dausset, quitta Édith.

– Vous vouliez me parler au sujet de la petite ? Elle est bien malade, cette enfant. C'est humide, c'est chaud, il n'y a pas d'air ici. Cela fait dix fois que je dis à la mère de partir. Elle ne doit pas avoir beaucoup d'argent. Écoutez, Michelez, si vous aviez quelque influence, faites-la quitter Paris le plus tôt possible.

– Mais je n'ai aucune influence, s'empressa de dire l'entrepreneur.

– Il faut qu'elle parte. Elle le comprend bien d'ailleurs.

Arrivé sur le boulevard, le docteur s'éloigna.

– Allons voir Mme Auriol, fit Dausset à Jean Michelez.

– Je ne veux pas y retourner. J'en viens.

– Attendez-moi alors, je vais jeter un coup d'œil et je reviens. Il faut tout de même que je sache ce qui se passe chez moi.

Peu après, il entra dans le pavillon. Il regarda tous les objets, toutes les étoffes qui donnaient une certaine gaieté à cet intérieur, mais avec hauteur et mépris, parce qu'il connaissait les prix de toutes choses et savait que ces ornements, s'ils faisaient illusion, n'avaient que peu de valeur. « Au lieu d'accepter leur pauvreté, pensa-t-il, de vivre selon leurs moyens, ces gens d'aujourd'hui veulent continuer à jeter de la poudre aux yeux. Ils se privent de nourriture pour acheter des fleurs, des parfums et des mouchoirs de dentelle. »

– Alors, Dinah, tu ne reconnais pas M. Dausset ? dit-il à l'enfant qui, épuisée par les visites successives de Jean Michelez et du docteur Python, n'avait même pas levé les yeux quand le propriétaire était entré. Et la maman, où est-elle ?

À cet instant, Mme Auriol, toujours vêtue de son peignoir, vint de la pièce voisine. À la vue de M. Dausset, elle crut que celui-ci venait lui réclamer l'argent et son visage s'embrunit. Il le devina mais se garda bien de la rassurer de peur qu'elle ne trouvât, en son indulgence, un prétexte à se dérober plus tard. À la fin, il dit :

– Il paraît que cela ne va pas. Mais aussi vous restez là, dans votre coin, sans rien faire. Vous devriez aller voir vos parents, vos amis, que sais-je.

Cela ne devrait pas être à moi de vous donner des conseils. Une femme jolie comme vous l'êtes ne doit pas manquer de relations. Ah ! si vous croyez que les gens viennent à vous, qu'il suffit de les attendre, évidemment, je comprends tout.

Mme Auriol avait pour M. Dausset une profonde antipathie. Chaque fois qu'il se trouvait en sa présence, il ne manquait d'insinuer, en personne, que ces choses ne regardent pas, « qu'elle ne devait pas toujours s'ennuyer ». Bien qu'elle eût peu d'expérience en ce qui concerne ce genre d'allusion, Édith sentait tout de même de quoi il s'agissait. Cela lui répugnait. Mais comme les enfants, elle eût préféré mourir que de paraître comprendre.

– Enfin, c'est maintenant le moment ou jamais de vous débrouiller, continua M. Dausset. Vous vivez à une époque où l'on ne fait pas attention à ces choses. On est indulgent aujourd'hui. Les femmes montrent leurs jambes, leur poitrine, et d'autres choses encore. Personne ne trouve rien à redire. N'est-ce pas ?

Mme Auriol était de plus en plus gênée. Comme si cela l'eût justement incité à continuer, le propriétaire poursuivit :

– Si vous voulez que votre fille guérisse, mariez-vous, enfin ne soyez pas seule comme cela. Vous me comprenez, j'en suis certain. Une femme qui n'a pas un compagnon solide est perdue.

Édith remarqua tout à coup que M. Dausset ne cessait de regarder sa poitrine. Elle baissa les yeux. Son peignoir était légèrement entrouvert. Elle se couvrit alors d'un geste si brusque que M. Dausset en fut froissé. Il se leva.

– Je vous quitte, madame. Réfléchissez bien à ce que je vous ai dit et, à l'avenir, « soyez moins vive. Je dis cela dans votre intérêt et dans celui de votre enfant qui, elle, la pauvre, est innocente.

Quand Jean Michelez eut regagné sa demeure, il ne put s'empêcher de songer à l'attitude cynique de Dausset. Elle l'écœurait.

– Je parierais, dit-il à Antoinette, qu'il va essayer de profiter de la situation. Alors cela dépasse tout. Je comprends que l'on n'ait pas le geste large, mais profiter de la gêne d'une femme seule, de la maladie de son enfant, pour la forcer à vous appartenir, je trouve cela dégoûtant.

L'entrepreneur allait et venait dans son bureau. Tout ce qu'il y avait de généreux en lui commençait à s'éveiller, mais en même temps la peur d'être dupe, d'être trompé une autre fois encore, le retenait. Un besoin impérieux de défendre, de protéger cette femme, de se dévouer pour elle, naissait en lui cependant que, d'autre part, un sentiment de prudence lui commandait de n'en rien faire. Ah ! s'il n'avait pas été question d'argent, si Mme Auriol eût été riche et qu'elle eût demandé, avec la même ardeur désespérée, non point une aide matérielle, mais un appui moral, comme il se fut alors découvert ! Il y avait en lui assez de feu pour l'amener à risquer sa vie. Il eût tout fait. Il eût été plus qu'un mari, plus qu'un père pour elle.

Un mois s'écoula, durant lequel Jean Michelez évita soigneusement de rencontrer Mme Auriol. De temps en temps, il envoyait sa femme prendre des nouvelles de Dinah. Elle allait un peu mieux. Il en était profondément heureux. Tout s'arrangeait donc. Il cherchait à gagner du temps, a se faire oublier, sans pour cela se conduire ainsi qu'un homme dur.

Un après-midi, comme il se trouvait à son bureau, une de ses dactylos vint lui annoncer Mme Auriol. Sa première pensée fut de lui faire dire qu'il n'était pas là. Le pressentiment d'un malheur l'effleura. Elle allait encore lui demander un service. Pourtant il n'osa pas ne pas recevoir Édith.

À la vue de la jeune femme, il fut tout de suite rassuré. Elle était plus calme que la dernière fois qu'il l'avait vue.

– Excusez-moi de vous déranger, dit-elle, c'est Mme Michelez qui m'a dit que je pouvais passer à votre bureau sans crainte. Je suis venue vous voir parce que je ne voudrais pas que vous pensiez que je vous garde rancune de quelque chose. Je serais même venue plus tôt si ma fille n'avait été malade. Maintenant elle va un peu mieux et je suis tellement heureuse qu'il me serait pénible de penser que j'ai pu vous offenser ou que vous puissiez croire que je suis fâchée. Ma sœur m'a un peu aidée. Il n'est évidemment pas question de quitter Paris, mais j'ai de l'espoir à présent. C'est moi, d'ailleurs, qui ai été folle. Vous me pardonnez. Je n'avais plus la tête à moi. Aujourd'hui j'ai peine à croire que j'ai pu faire ce que j'ai fait.

– Je suis heureux pour vous. Heureux comme tout, fit Jean Michelez, que ce changement de condition remplissait de joie. Alors, vous êtes à l'abri du besoin ?

– Oui. Ma sœur a pu me donner un peu d'argent. J'ai payé M. Dausset, qui est terrible, vous savez. Ah ! à un moment je ne pouvais plus le supporter. Il venait presque tous les jours. Il n'y a que depuis que ma sœur m'a aidée qu'il ne vient plus. J'ai encore un peu d'argent pour régler le médecin, enfin pour la vie de chaque jour. Et, au Ier janvier, mon beau-frère m'a promis de conduire Dinah à Leysin. Il va s'occuper de tout. Il va prendre des renseignements. Enfin il va tout arranger.

Peu après le départ de Mme Auriol, l'entrepreneur quitta ses bureaux. Il était dans un tel état d'exaltation qu'il n'avait pu rester davantage enfermé. En passant devant une épicerie, il acheta une bouteille de Champagne. Le soir, avant le dîner, il se rendit chez Édith. Il était six heures. La nuit était presque tombée. Dinah venait de s'assoupir. Elle était fiévreuse. Des plaques rosés teintaient ses pommettes. Ses cheveux semblaient plus abondants que jamais et d'une vie extraordinaire.

– Je vous apporte, madame, dit-il, un peu de Champagne pour la petite. C'est un bon stimulant. Cela lui fera peut-être plaisir.

– Vous êtes trop gentil, monsieur Michelez. Il ne fallait vraiment pas vous déranger.

À partir de ce jour, l'entrepreneur se transforma complètement. Alors que la veille seulement de la visite d'Édith, il sortait de chez lui sans jeter un coup d'œil dans la direction du pavillon de peur d'apercevoir Mme Auriol et d'être obligé de la saluer, son seul souci était, à présent, de rendre la maladie de Dinah moins pénible. Le matin, souvent, il n'allait plus à son bureau ; il le passait à jouer avec la fillette ou à lui raconter des histoires. Sa vraie nature avait repris le dessus, maintenant qu'il n'était plus question d'argent. Le soir, il quittait ses occupations plus tôt, de manière à passer une heure ou deux chez Mme Auriol, apportant de Paris, tantôt un jouet, tantôt des fleurs, des fruits ou des sucreries. Après le dîner, il retournait au pavillon. Si l'enfant dormait, il causait avec la mère à voix basse, l'encourageant, lui donnant des conseils, lui disant d'espérer. « Il y a, je puis vous le dire, affirmait-il chaque fois que Mme Auriol manifestait quelques craintes, des malades autrement gravement atteints que votre fille, dans les hôpitaux de Paris. Croyez-vous qu'on les garderait, qu'on ne les enverrait pas à la campagne ou à la montagne, si on ne comptait pas les guérir ? À peu de chose près, l'air est partout le même. Du moment que votre fille est toujours dehors, c'est l'essentiel. » Mme Auriol ne demandait qu'à être convaincue. Elle disait alors : « Nous interrogerons encore le docteur Python. » Et ce dernier, à qui Jean Michelez avait expliqué la situation d'Édith, évitait de répondre. Dès que la fillette se plaignait, l'entrepreneur se levait, arrangeait les oreillers, lui donnait un verre de citronnade, lui demandait si elle ne voulait pas quitter le lit pour la chaise longue qu'il avait apportée, le matin, de sa villa, si elle ne voulait pas un jouet. Il lui mettait dans les bras une poupée. Elle était si faible que, quelquefois, elle la laissait tomber. Il n'en fallait pas davantage pour qu'elle se mît à pleurer. L'hiver approchait. Au mieux qui s'était manifesté le mois précédent succédaient un état fiévreux et une nervosité qui ôtaient le sommeil à l'enfant. À peine s'était-elle endormie, qu'elle s'éveillait en sursaut, le front couvert de sueur, les yeux perdus. De nouveau, elle n'avait plus d'appétit. Des journées entières il pleuvait. Dans la chambre, aux fenêtres fermées, elle dépérissait. Pourtant, chaque fois que Jean Michelez arrivait, un léger sourire errait sur son visage. Il avait gagné sa sympathie. Elle ne lui parlait pas, mais, parfois, ne le quittait pas des yeux durant plusieurs minutes. Quand sa mère était seule près d'elle, il arrivait que Dinah demandât faiblement : « Où est monsieur Jean ? Je voudrais qu'il soit là. Va le chercher, maman. » Édith obéissait et, si l'entrepreneur était chez lui, il accourait avec un jouet quelconque, avec des bonbons, s'asseyait à côté d'elle et lui racontait des histoires qu'elle écoutait sans comprendre, mais ravie.

Un dimanche après-midi (d'ordinaire l'entrepreneur passait le dimanche à la campagne chez des amis, mais l'état de Dinah s'étant subitement aggravé, il était resté à Paris), Jean Michelez trouva M. Dausset chez Mme Auriol. Il était assis, le chapeau sur les genoux, et semblait attendre, ce qui parut étrange à l'entrepreneur, qui savait le propriétaire très bavard. Édith était assise également, mais au pied du lit, les bras serrés contre le corps, penchée en avant, la tête baissée. À la vue de Jean Michelez, elle se leva tout à coup et sourit, mais d'une manière forcée qui semblait indiquer qu'elle désirait que tout redevînt normal, cependant que M. Dausset, lui, ne changeait pas d'attitude, se contentant à peine de saluer le nouvel arrivant. L'entrepreneur eut le pressentiment que M. Dausset avait essayé d'embrasser Édith et que cette dernière, affolée, s'était réfugiée auprès de sa fille.

Sous le prétexte de voir si le temps allait se mettre au beau, Jean Michelez sortit dans le jardin. Puis, par la fenêtre, il fit signe à Édith de le rejoindre. Lorsqu'elle fut près de lui, il la regarda avec douceur, et, comme on questionne un enfant sur un sujet délicat, il lui demanda à voix basse :

– Il s'est mal conduit, n'est-ce pas ? Il a essayé de s'approcher de vous ?

Elle ne répondit pas tout de suite. Depuis que l'état de santé de sa fille s'était aggravé, elle avait de nouveau perdu le sens des réalités. Elle croyait être la cause de tout ce qui lui advenait. Elle avait l'impression que si elle avait été calme et heureuse, les gens qui l'entouraient eussent eu un autre visage. Dans sa détresse, le seul être sur qui elle s'appuyait, en qui elle avait confiance, était Jean Michelez. Elle le regarda un instant avec une expression d'affolement, puis dit :

– Oui. Il veut se marier avec moi. Si j'accepte, il conduira Dinah en Suisse. Il m'a suppliée. Puis, il s'est fâché. Alors, sans savoir ce que je faisais, je l'ai insulté… je l'ai insulté… Il doit m'en vouloir.

Jean Michelez, avant de prononcer un mot, remua les lèvres comme s'il eût voulu les mordre. Il prit la main d'Édith. Finalement, il demanda :

– Vraiment, il vous a dit tout cela ?

– Oh ! je ne sais plus, monsieur, balbutia Mme Auriol, à qui cette histoire venait d'apparaître sans intérêt à côté de la santé de sa fille.

– C'est bien. Nous allons voir. Il vous fera des excuses ou il aura affaire à moi.

Jean Michelez sentait une colère sourde l'envahir. Ce qu'il avait redouté était donc arrivé. Cet homme avait profité de la détresse d'une femme pour être grossier.

Sans dire un mot, en apparence très calme, l'entrepreneur entra dans le pavillon.

– Mon cher Dausset, dit-il, vous allez faire des excuses devant moi à madame. Vous m'entendez ?

M. Dausset le regarda en simulant l'étonnement, puis dit :

– Des excuses ? Mais vous êtes fou ! Qu'est-ce qui arrive ?

– Vous ne voulez pas faire d'excuses, cria Jean Michelez, qui, peu à peu, perdait sa maîtrise.

– Je n'ai pas d'excuses à faire à madame ni à personne.

– Venez dehors, Dausset, venez… Vous êtes un lâche, vous comprenez ? Vous êtes le dernier des lâches.

À ce moment, les éclats de voix éveillèrent Dinah. Comme si elle eût été aveugle, ses yeux s'agrandirent sans que, pourtant, elle regardât la scène. Elle était terrifiée. Sa mère s'était approchée d'elle et, tout en la serrant dans ses bras, enjoignait à Jean Michelez de ne pas crier.

– Lâche… lâche…, continuait celui-ci. Vous n'avez pas honte ! Vraiment j'aurais tout cru de votre part, sauf cela.

La fillette éclata en sanglots. Elle tremblait de peur.

– Voilà ce que vous faites, vous ! cria à son tour Dausset. Quand on veut jouer au protecteur, on ouvre son portefeuille, vous m'entendez, monsieur Michelez ? On n'a pas peur de l'ouvrir. Je suis franc, moi au moins. Ce que je propose est honnête. On est libre d'accepter ou de refuser. Je ne force personne. Mais si l'on accepte, on peut compter sur moi.

À ces mots, pour la première fois de sa vie, l'entrepreneur entra dans une colère telle qu'il se sentit capable de tuer son interlocuteur. Il n'entendait plus les supplications de Mme Auriol, ni les sanglots de l'enfant, ni les paroles que continuait de prononcer Dausset.

La scène avait pris tellement d'ampleur qu'Antoinette accourut.

– Qu'est-ce qu'il y a ?

Les deux hommes étaient à présent dans le jardin. Dausset reculait vers la grille, cependant que l'entrepreneur l'injuriait. Mme Auriol s'était tue. Elle était pâle. Toute sa pudeur, toute sa fierté, s'étaient envolées. Il lui semblait qu'on tuait son enfant. Chaque cri la déchirait. Elle sentait, dans ses bras, Dinah qui tremblait des pieds à la tête.

Finalement, Antoinette parvint à séparer les deux hommes et à entraîner son mari vers la villa.

Une demi-heure après, Jean Michelez retournait chez Mme Auriol. Elle n'avait pas bougé de place. Dinah gémissait, les yeux ni fermés ni ouverts. On les voyait, immobiles, à travers les cils.

Cette dernière scène avait transformé l'entrepreneur. Lui, d'ordinaire prudent, il semblait décidé à tout pour sauver l'enfant.

– Il faut l'envoyer en Suisse, dit-il tout de suite.

Mme Auriol ne l'entendit même pas. Il s'approcha de l'enfant.

– Allons Dinah, souriez donc… souriez gentiment. C'est moi qui suis là.

Mme Auriol s'était levée avec un soin infini pour ne pas tirer la fillette de la torpeur où elle était tombée. Jean Michelez s'assit à côté de Dinah. Il ne la quittait plus des yeux. Il entendait, derrière lui, Édith qui pleurait en se retenant. Il ne se retourna même pas. Il ne pouvait détacher son regard du visage de l'enfant. De temps en temps, il balbutiait quelques mots tendres que la fillette n'entendait pas. Soudain, elle ouvrit les yeux, des yeux qui ne voyaient rien, mais qui se posèrent tout de même sur Jean Michelez. Il retint son souffle. Les yeux restèrent ouverts. Il lui parut alors qu'insensiblement, bien qu'ils ne bougeassent point, ils se fixaient avec plus d'intensité sur lui. Les lèvres étaient encore vivantes. Un peu d'air agitait les cheveux aux tempes. Il regarda ces cheveux. Ils se mouvaient avec une légèreté extraordinaire et, tout à coup, il vit les yeux fixes, le visage pâle, quelque chose d'infiniment serein courir sur ce visage d'enfant, des ombres aux confins des joues, autour des lèvres, et plus rien qu'une chose inerte. Il comprit que Dinah était morte.